セシル文庫

上司と婚約 Dream SPECIAL

～男系大家族物語20～

日向唯稀

イラストレーション／みずかねりょう

目次

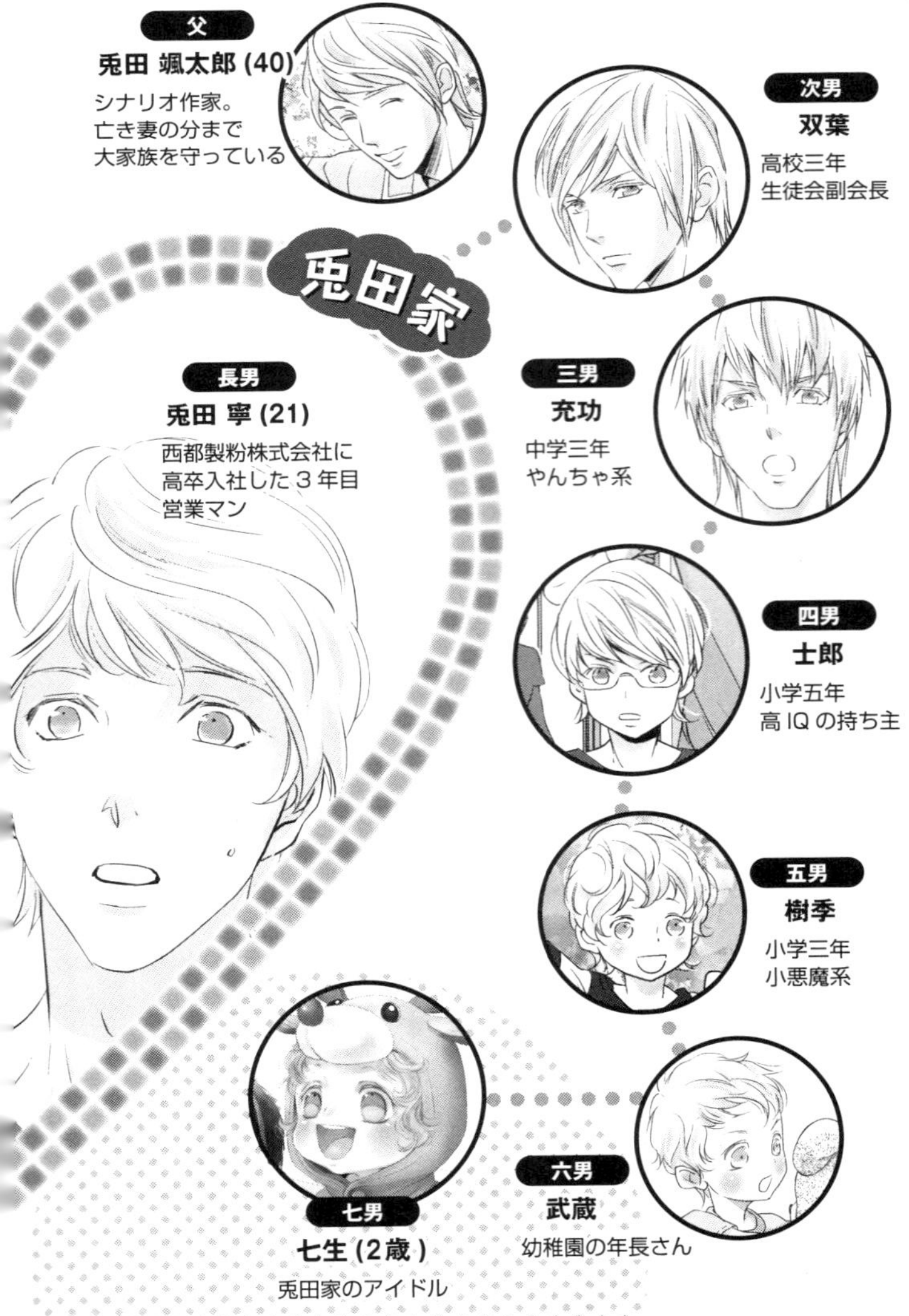
兎田家
父
兎田 颯太郎 (40)
シナリオ作家。
亡き妻の分まで
大家族を守っている
長男
兎田 寧 (21)
西都製粉株式会社に
高卒入社した３年目
営業マン
次男
双葉
高校三年
生徒会副会長
三男
充功
中学三年
やんちゃ系
四男
士郎
小学五年
高 IQ の持ち主
五男
樹季
小学三年
小悪魔系
六男
武蔵
幼稚園の年長さん
七男
七生 (2歳)
兎田家のアイドル

男系大家族 兎田家と
それを取り巻く人々

獅子倉
カンザス支社の
業務部部長
鷲塚
寧の同期入社。
企画開発部所属
隼坂
双葉の同級生。
風紀委員長
鷹崎 貴 (31)
西都製粉株式会社の
営業部長。
姪のきららを
引き取っている
エリザベス
兎田家の隣家の犬。
実はオス
エイト&ナイト
エリザベスの子供
鷹崎きらら
幼稚園の年長さん
貴の姪
エンジェル
きららの飼い猫

上司と婚約

Dream SPECIAL

～男系大家族物語20～

1　二十二時の寧《ひとし》・サタディナイトフィーバー

四月も後半に入った土曜日。

久しぶりにサタンコスプレの鷹崎《たかさき》部長や、ミカエルコスプレの父さんを見ることができた俺と双葉《ふたば》と士郎《しろう》の合同誕生会——粉物《こなもの》パーティーは、大盛況のうちに幕を閉じた。

昼からお好み焼きを中心としたホットプレートメニューで作っては食べ、作っては食べをしながら、今後の二世帯同居や工事予定がどうとかと会話が弾む。

そうして、すっかり夕飯までを済ませたのちに解散となった。

「それじゃあ、寧。鷹崎部長。また会社で」

「ああ。気をつけて」

「鷲塚《わしづか》さん。ありがとうございました」

「ナイト、またね！」

「パウパウ！」

玄関先で俺たちちやちびっ子たちが見送る中、鷲塚さんはナイトを連れて車で帰宅。

「それじゃあ、兎田《とだ》」

「ああ。あとでメールするよ」

「エルマー！　テン！　またね～」

「パウ」

隼坂《はやさか》くんはエルマーとテンを連れていたのもあり、鷲塚さんが、

「そっちの家のほうを回っていくから、乗っていきなよ」

――と誘ってくれて、車で隣町の自宅まで送ってくれた。

相変わらず優しくて、それ以上に気がつく人だ。

ナイトもさぞ自慢のご主人様だろうな。

それと同時に、エルマーはナイトがいい人のところへ行ったわ～って、今もしみじみ思って安心しているかもしれない。

そんな想像をしてしまうくらい、４ＷＤ《ヨンダブリユーディー》の後部席に乗り込むエルマーはナイン、テンに囲まれて嬉しそうに見えた。

「それじゃあ、エリザベス。エイト」

「バウバウ」

「パウ！」

「おやすみなさーい」

「またの！」

そしておじいちゃん、おばあちゃんもエリザベスとエイトを連れてお隣へ戻って行く。

（あと数ヶ月もしたら、この行き来や流れも変わるのかな？　いや、実はそこまで変わらなかったりして。LDK《エルディーケー》が広い分、こうした集まりの会場がお隣になるだけで……）

俺は、そんなことを思いながら、ここから先は後片付けや明日の準備に追われる。

先日の急な出張で予定を変えた外回りをするのに、明日の日曜は出勤になったためだ。

ちなみにここは鷹崎部長も同じで、さすがに横山《よこやま》課長と野原《のはら》係長に丸投げでは済まない仕事があったようだ。

そう考えると、俺より鷹崎部長のほうが大変だ。

仕事を終えてから、月曜に備えてきららちゃんをまたここまで迎えに来なければならない。

引っ越しさえ終われば、きららちゃんの園送迎は父さんが武蔵《むさし》や七生《ななお》と一緒に引き受けてくれる上に、残業時の延長保育の手配もなくなる。

急に休日出勤や出張が入っても、俺たちの誰かがきららちゃんを見ていられるから、躊躇いなく対応ができるだろうし、これだけで大分違ってくるだろう。

（あ！　いっそ月曜は俺がきららちゃんを連れて早めに家を出て――は、さすがに無理があるか。俺はともかく、きららちゃんに負担がかかる。いや、エンジェルちゃんもいるよ！　こうなると、やっぱり鷹崎部長が日曜のうちに連れ帰るしかないってことで……。でも、こういうのも夏休みまでのことだしな！）

俺は、どうにかならないものかと考えるも、無駄な足掻《あが》きで終わってしまった。

今更だけど、父さんが家仕事で子供たちの時間に合わせて仕事をしてくれていることが、どれほど有り難いことなのかがわかる。

しかも、そんな父さんの都合が――ってときでも、いざとなれば双葉や充功《みつぐ》、おじいちゃんおばあちゃんがサポートをしてくれる。

場合によっては、近所のママ友さんたちやお向かいの柚希《ゆずき》ちゃんママだって協力してくれて――。

みんな「お互い様よ」とは言ってくれるけど、感謝してもしきれないほどだ。

「樹季《いつき》、武蔵、七生、きらら。そろそろ二階へ上がって寝るよ」

今だって、すでにお風呂に入ってパジャマに着替えていたちびっ子たちを、士郎が二階へ誘導してくれた。

（士郎はパジャマのズボンの丈《たけ》が少し短くなってきた？　樹季や武蔵もそろそろ買い換えかな？　次の健康診断で身長のチェックだな！）

ダイニングテーブルを片付けていた俺は、「おやすみ」「おやすみなさい」と挨拶を交わしながら、ゾロゾロと出ていく士郎たちを見送った。

自然と笑みが浮かぶ。

「はーい」

「エンジェルもおいで！」

「みゃん」

先導する士郎のあとをまずは樹季と武蔵が付いていく。

エンジェルちゃんも武蔵に呼ばれて、ささっと階段を上がっていった。

さすがに家で生き物は飼えない。これ以上は気が回らなくて無理だろうなんて思っていたけど、こうしてみるとエンジェルちゃんもすっかり我が家に馴染《なじ》んで、士郎たちの言うこともしっかり聞く。

このあたりは、鷹崎部長の躾《しつけ》がいいだけでなく、エンジェルちゃんがエリザベスたちを見て学習しているのもあるだろうが、同居になっても何の不安もなさそうだ。

（エンジェルちゃんは、エリザベスたちのことも大好きだから、毎日一緒に暮らせるよう

になったら、嬉しいだろうな）

そうして武蔵たちのあとに、きららちゃんと七生が続く。

「七《なな》くん、ミカエル様と一緒でなくて大丈夫？」

「へっきよ！　なっちゃ、きめっ！」

いつもなら真っ先に階段を上がっていきそうな七生が、妙に落ち着いて見える。

きららちゃんがのんびり移動なのは、七生に合わせてくれているんだろうけど。

「そっかそっか～。カッコいいよ！」

「へへへっ」

なんだか今夜はいつもとは逆で、七生がきららちゃんに合わせてエスコートをしているようにも見えた。

きららちゃんのパジャマがフリフリドレスにズボンがセットになっているものだったから余計に――。

（俺の妄想が激しすぎるのかな？　というか、七生。すっかり〝きめっ〟が気にいっちゃったみたいだな）

でも、保育園に行き始めてから急に七生の態度が一転三転しているし、やっぱり周りの子たちから受ける影響も大きいのだろう。

あとは、園へ行けば男女が半々だから、普段は男だらけの家にいるのとは大分景色も違うはずだ。

バーローもそうだけど、これもまた七生なりに刺激を受けている証《あかし》なのかもしれない。

俺はちびっ子たちを見送ったその後も、ダイニングからリビングで片付けを続けた。

キッチンでは父さんが先に洗い物を始めてくれている。

「――寧。ホットプレートは、まとめて廊下の物置でいいのか？」

鷹崎部長が声をかけてきた。

両手には、片付けられたホットプレートが箱に入って、四つ持たれている。

「はい。こちらへお願いします」

俺はダイニングから廊下へ出た。

収納庫の扉を開けて、鷹崎部長が持ってきてくれたホットプレートを片付けていく。

こうしていると、すでに一緒に暮らしているような錯覚に陥る。

（なんか、これだけでも幸せだな～）

俺は片付け終えると、鷹崎部長に「ありがとうございます」と会釈をしつつ、ダイニングへ戻った。

そして、キッチンで洗い終えた食器を片付けてくれていた父さんに声をかける。

「あ、父さん。あとはやっておくから、先にお風呂でも仕事でも大丈夫だよ」

「ありがとう。いつも悪いね」

父さんがエプロンを外《はず》しながら、キッチンを出る。

代わりに俺が入ると、鷹崎部長も黙って手伝ってくれた。

しかも、いつの間にか食器の位置まで覚えてくれている!?

（すごい！　え？　いつから？）

俺は些細《ささい》なことでも感動し、また鷹崎部長を尊敬できる自分が、本当に満たされているんだろうなと、しみじみ思う。

ニヤけすぎて、気味悪がられないようにしなきゃ！

「あ、そうだ。鷹崎さん。明日、寧共々休日出勤なんですよね？」

――と、ここで父さんが、エプロンをしまいながら聞いてきた。

「はい。慌ただしくて申し訳ないんですが、日中はこちらへきららを置いていくことに。仕事をすませたら、すぐに迎えに来ますので」

「でしたら俺が、鷹崎さんの帰宅時間に合わせて、きららちゃんをマンションまで送りますよ。さっき仕事仲間からも連絡が入って、明日の夜に都心で打ち合わせがてら食事でもってことになったので」

続けざまに神がかったことを言って、ニッコリ笑ってくれた。

俺は思わずシンクから身を乗り出す。

「本当!? 父さん。それだと、すごく助かると思う。ね、鷹崎部長」

「――いいんですか? 甘えて。休日出勤とはいえ、通常時間通りになりますが。さすがに残業はしないように切り上げますが」

鷹崎部長は驚き、恐縮していたが、俺からしたら「さすがは父さん! わかってる!!」だ。

普段なら仕事仲間との打ち合わせなんてスカイプですませてしまうし、取引先を交えた会食でもない限り、仲間内での食事だけで家を空けることなんて、年に一度もあるかないかだ。

しかも、この分だと、もともと明日はきららちゃんとエンジェルちゃんをマンションまで送ってくれるつもりだったところへ、お仲間さんから打ち合わせの話が入ったんだろう。

――だったら送ったあとに、たまには合流しようか。みたいな流れっぽい。

そうでなければ、帰りは俺を乗せて家に戻ればいいってつもりだっただろうし。

でも、鷹崎部長からしたら、父さん自身の用事もあるって言われるほうが、甘えやすいだろうからね。

「はい。その時間でも、少し遅れでも大丈夫ですよ。早めに着いたら、きららちゃんやエンジェルちゃんと、中で待たせていただくかもしれないですが」

「むしろ、そうしていてください。本当に助かります」

「よかったですね、鷹崎部長」

「ああ」

月曜出勤のことを考えたら、有り難い提案だった。

俺もさっきまで、あれこれ考えていただけに、ホッと胸を撫で下ろす。

「あと一週間遅ければ、ゴールデンウィークで、ずっとうちへ泊まらせてってこともできたんですが。さすがに今からお泊まりで休ませるわけにはいかないですからね。きららちゃんも、運動会の練習があるから、休めないわ――って、言ってたので」

「あいつ、そんなことを。でも、確かに本人にとっても、夏までの園生活っていうのがはっきり見えてきたので、気合いみたいなものが入っているようです。それでも、ゴールデンウィークはずっとこっちにお泊まりでいいのよね？　なんて、聞いてきましたが」

父さんと鷹崎部長は対面キッチンを挟んで、立ち話を続ける。

それにしても、もうゴールデンウィークか――。

「気が早いなんて、言ってられないですね。普通に生活しているだけでも、すぐに連休でしょうし」

「そうだな」

俺も話に加わりつつ、この分だとコーヒーでも淹れたほうがいいのかな？

団欒《だんらん》になる？　なんて考え始めた。

「――そうしたら、明日は俺がきららちゃんをそちらへってことで。寧の予定はどうなの？」

でも、この言い方だと、父さんはこのままお風呂か仕事のようだ。

さすがに日中から騒いでいたし、タイムオーバーか。

「外回りが終わったところで、直帰するよ。夕方に父さんが留守なら、余計に俺が早く帰らないとね」

「そこは、俺等《ら》がいるんだから、気にしなくてもいいんじゃね？　双葉はダチがちょろっと飯食《めしく》いがてら、誕生会をしてくれるとかどうとか言ってたけど。だとしても、士郎もいるし。なんなら、隣に〝同居の練習に来ました～〟って、なだれ込むだけだからさ。仕事で慌ててヘマしたら、そっちのが大変だし」

――と、ここでダイニングへ入ってきたのは、パジャマ代わりのスウェットスーツを着込んだ充功だった。

背後には士郎も連れている。

士郎は樹季たちを寝かせて、たまには夜更《よふ》かししたくなっちゃったのかな？

それとも充功の勉強サポート？

なんにしても誕生会の夜だし、明日は日曜だ。

ここは大目に見て本人任せでいいかな。

「でも、さすがにそれは……」

とはいえ、それはそれでこれはこれだ。

なんて思っていたのだが――。

「いやいや！　二軒で三世帯同居ってそういうことだろう。ここで遠慮したって、今更じゃん？　むしろ、俺等が自由に行ったり来たりするのを当たり前って思わなかったら、ギクシャクする元だ。そもそもエリザベスたちがうちの犬同然なら、俺たちだって隣家の孫同然だぜ！」

「うん。確かにそのほうが、おじいちゃんやおばあちゃんも自然に三世帯同居に慣れていくと思う。というか、今の時点で明日の夜はお父さんと双葉兄さんがいないってわかっているんだから、夕飯はうちからもおかずを持っていって、お隣で一緒にいいですかでも、家で一緒に食べてもらえますかでも、いいんじゃないかな。そうしたら、寧兄さんも安心して仕事ができるでしょう」

俺は反論の余地もなく、充功と士郎に明日の予定を決定された。

これには父さんも笑っている。

「――まあ。ここは充功や士郎の判断に任せていいと思うよ。樹季も大分しっかりしてきたことだし」

「そうそう。なんたって、いずれは学校の支配者の座を狙ってるくらいだからな！」

「充功ってば」

ただ、二人が言うのも、もっともな話だった。

親しき仲にも礼儀ありとはいえ、同居どころか、リフォームが始まったところで、おじいちゃんおばあちゃんとは今以上に行き来が増える。

少なくとも、隣の一階をリフォームしている間の食事は、うちでしてもらうことになるだろうし。

むしろ、おじいちゃんおばあちゃんに、エリザベスたちと一緒にうちへの出入りを頻繁《ひんぱん》にして、慣れてもらうほうがいいのかも！

「そうか――。そうだよね。俺も出先の都合によっては、どうなるかわからないし。明日は充功たちに任せるくらいの気持ちで、仕事に行かせてもらうよ。というか、もう明日は父さんが家を出るときには、おじいちゃんたちに来てもらう方向でお願いしちゃうほうがいいかもしれないしね」

「了解。そしたら、夕飯を用意しておいて、父さんからお願いしておくから」

「ありがとう」

こうして誠に勝手ながら、明日の予定は決められた。

もちろん、ここは臨機応変。おじいちゃんおばあちゃんに予定があるとわかれば、充功と士郎たちに頑張ってもらうし、俺もできるだけ早く帰ってくるようにするだけだ。

そもそも、何事もなければ俺だって普段通り八時前には帰ってこられるはずだしね。

「じゃあ、俺は上がらせてもらうから。双葉がお風呂から出たら声かけるように言って」

そうして父さんがダイニングから出ようとしたところで、タイミングよく双葉が現れた。

「――何、お風呂？　今、上がったよ」

やはりパジャマ代わりのスウェットスーツを着ている。

「ありがとう、双葉。それじゃあ、おやすみ」

「はーい。おやすみ」

「おやすみなさい」

入れ違うようにして浴室へ向かった父さんが扉を閉めると、ダイニングキッチンには俺と鷹崎部長、充功と士郎、そして双葉の五人が残った。

＊＊＊

「何？　なんの話だったの？」

双葉が冷蔵庫を開けて麦茶を取りだした。

俺はそれを見ながら、食器棚からグラスを出して渡してやる。

「明日、鷹崎さんも寧も仕事って話。だから、きららのことは、仕事終わりに合わせて、父さんが送って行くって。ついでに仕事仲間とご飯ミーティングしてくるらしいから、夕飯時は俺らでやりくりするより、隣を頼ろうって」

そんな俺たちを見ながら、充功がかいつまんで説明。

俺はそのままキッチンへ入ると、カウンターに置かれたコーヒーサーバーのスイッチを入れつつ、鷹崎部長に「コーヒーでいいですか？」って目配せをする。

すると、「ああ」と言うように頷いてきた。

「なるほど。そういう流れね。けど、そのほうが安心は安心だよな。俺も学校関係で夕飯とか久しぶりだし」

「受験生が誕生会とかありなわけ？」

俺がコーヒーの準備をしていると、充功や双葉も話しながら「俺たちの分もよろしく」とアピールをしてきた。

それと同時に、士郎がせっせとコーヒーカップや牛乳などを用意し始める。

俺はコーヒーサーバーで作れるマックス、十二杯分をセットすることにした。

余っても、冷蔵庫に入れておけばいいだけだしね。

「だから、塾と塾の間の息抜きご飯タイムにおめでとう――って感じかな。まあ、ハッピーレストランで、また家具をもらってくるよ」

「うっははは。シェアハウスどころか、アパートかマンションが作れそうだな」

「まだ今月中は個室用の家具だから、合宿所とかになるかもな。ここは士郎次第だけど」

「そうだね。この際だから、世界の住居様式も調べてみるよ」

落ちのように話を振られつつも、士郎は真顔で答えていた。

（世界の住居様式？　まさか、たて穴式とかイグルーやゲルとか、そういうのをハッピーレストランのドールハウスシリーズで再現するのかな？）

士郎の考えることだけに想像が付かなかったが、これはこれでいずれ完成するだろう子供部屋のドールハウスが楽しみだ。

セットしたコーヒーができるのを待ちながら、俺はキッチンからダイニングを眺める。双葉に誘導されて、俺から見て右側に双葉、充功、士郎が座り、左側の壁側には鷹崎部長が着いた。

時計の針は、すでに十時を回っていたが、この分だとこれから一時間くらいは雑談会かな？

充功はさておき、双葉が自分からのんびりしているときには、息抜きタイムなんだろうしね。

なんて思っていたところで、コーヒーが入った。

俺はサーバーから外したポットを手に、ダイニングテーブルへ向かう。

「それにしても、四月も早そうだな。今年も小、中に教育実習生とか来るの？」

冷蔵庫に貼ってあった小学校、中学校、高校の年間予定表を見たのだろう、双葉が充功と士郎に声をかけた。

「さすがに今年は誰の学年にも引っかかってないから大丈夫だろう」

「なら、よかった。去年の実習生は強烈だったもんな。充功のところにしても、士郎のところにしても」

――が、ここで俺は聞き捨てならないことを耳にし、「何？」と聞いた。

「双葉」

「あ」

俺と目が合った充功が、いかにもな声かけをし、双葉が馬鹿正直に〝しまった！〟という顔をする。

「去年の教育実習生と、何かトラブルなんかあったっけ？　あ――、もしかして何か隠してた？　まさか、こっちが先生に失礼をしたとかじゃないよね？」

俺はコーヒーポットをテーブルに置きながら、ジッと充功の目を見続ける。

「しねぇよ！　そんなこと。むしろ、こっちが被害者だって言うの！」

「被害者!?」

「あ……」

「墓穴だな」

やっぱり何か隠していた。

俺は、去年来ていた小学校と中学校の教育実習生のことを思い出そうとした。

毎年来るわけではないが、大体小学校だと四、五年生。中学校だと一、二年生を担当することが多くて、時期的には四月から六月ぐらいのうちの三週間から四週間程度だ。

そして、去年に関しては、充功と士郎の学年にそれぞれ来ていた。

——が、その実習生の顔が、ポンと浮かばない。

担任の先生ならすぐに思い出せるが、そもそも実習生がいた期間中には、保護者が出向くような用事がなかったのかな？

少なくとも俺自身はどちらの学校へも行っていなかったようだ。

（充功のほうが女性で、士郎のほうが男性だったっけ）

せいぜい性別を聞いたぐらいの記憶しかないが、だからこそ気にかかる。

だって被害者って、いったいどんな被害を受けたって言うんだよ！

「何？　本当になんのこと？　今更かもしれないけど、学校で起こったことは、些細な内容でも報告し合うって決めてあるだろう」

「——寧」

俺の語尾がきつくなったためか、鷹崎部長が宥《なだ》めるように声をかけてくる。

「いえ、我が家の。特に兄弟同士の学校関係の報告は絶対なんです。特に小中は兄弟揃って同じ学校に通うので、忘れた頃に兄への逆恨《さかうら》みが弟に——なんてこともあったので」

「逆恨み!?」

いつになく俺がぴしゃりと言い返したからか、もしくは口走った内容のためか、鷹崎部長が見るからに驚いている。

その間、双葉と充功が開き直ったように、コーヒーをカップへ注ぎ分けていく。

「ああ……。あったね。まだ転校してきたばかりのときに、俺が学年でトップになったら、それまでトップだった奴に妙なスイッチが入っちゃって。畜生悔《ちくしょう》しいこの野郎とかってほうじゃなくて。これで自分はトップを維持しなくていいんだ～って、ため込んでいたらしいプレッシャーから開放されて、中学受験に失敗しちゃって」

しかも、ここで双葉が鷹崎部長に実際過去にあった逆恨みの説明を始めたものだから、話が逸れてしまった。

「――で、成績優秀だった兄をヒーロー化していた弟が、よりにもよって同級生だった充功にからんだもんだから、まあ……当然返り討ちに遭いますよね。しかも、それで懲《こ》りずに充功にやられた仕返しを、公園で遊んでいた士郎にぶつけたもんだから」

双葉が溜め息交じりに士郎に視線を向けると、鷹崎部長もそれに吊られたように視線を向ける。

「僕は何もしてないよ！　いきなり絡まれた理由がさっぱりわからなかったし、そのときは樹季も一緒にいたから、何かあってからじゃ大変だなと思って。樹季をその場にいた上級生と先に帰して、事情を聞いていたら、樹季が交番に駆け込んでお巡りさんを連れて来ちゃっただけだし」

すると、双葉からの話を引き継ぎ、一生懸命鷹崎部長相手に自己弁護をする士郎。

こうなると、「俺に被害報告をしなさい」って話だったのに、鷹崎部長への「聞いて聞いて」になってしまう。

だが、ここへ来ていきなり警察沙汰《ざた》だ。

鷹崎部長も「え⁉」と身を乗り出した。

当時まだ年少さんだったというのに、近所の大人ではなく、近所のお巡りさんを呼んでくるところが、樹季のすごいところだ。

もしかしたら、一緒に行動していた上級生が賛同したからかもしれないし。

交番は常時扉が開けっぱなしで駆け込みやすい。

何より、お巡りさん自身が、誰からでも声をかけやすいようにって、いつもニコニコしていてくれるからだろうが――。

だとしても、瞬時に兄弟同士、家庭同士から公的機関が入るトラブルに一足飛びだ。

都会では民事不介入なんてよく聞く警察だけど、こうしたところが都下でちょっと昔ながらの田舎気質なんだろう。

こうして駆け込まれたら、子供同士のもめ事であっても、一応「どうしたの？」って顔を見せてくれる。

「それなのに、なぜか絡んだ奴のほうが、お巡りさんに泣きながら〝酷いよ〜〟って縋ったって話だろう。で、何したの？　お前」

ただ、この時点で充功が士郎を冷やかしにかかっており、ニヤニヤしていた。

鷹崎部長にいたっては、肩を振るわせて噴き出すのを堪えているのを見ると、すでに先が知れたんだろうな――。

まあ、俺も「士郎に絡んだ」って聞いたところで、落ちは見えるけど。

「何したのって、わざと僕に言わせないでよ。僕に絡んできた理由を聞いただけだよ。そうしたら、充功にオラオラ怒鳴《どな》られたって言うから、そもそもどうしてそうなったって元を問いただしていったら、お兄さんが受験で失敗したのが双葉兄さんのせいだって言うんだ。だから、それはお兄さん自身の勉強不足であって。百歩譲っても文句を言うなら、お兄さんの勉強管理に失敗したご両親か、勉強の邪魔をしていたかもしれない自分にしなよって言っただけだよ」

それでも鷹崎部長は、最後の「自分にしなよ」で噴いた。

まさか巡りに巡って、自分が兄の受験勉強の邪魔をしたって言われるとは思わないだろうからね。そりゃ、その子からしたら〝酷いよ〜〟ってことになるんだろうな。

そうでなくても、士郎のことだ。お兄さんの勉強不足を指摘する前から、真顔で淡々と容赦なく理詰《りづ》めで相手を追い詰めたんだろうし。何より当時まだ年長さんだった士郎にビシビシと理詰めで来られたら、逆に怖いだろうからね。

「眼鏡クイッて上げてか？」

「それは、癖みたいなものだから」

「戦闘態勢に入るときのな！　まあ、それにしたって、お巡りさんに泣き付いたおかげで家まで事情を聞きに来られるし、そもそも向こうの家族だって寝耳に水だしで。最終的にその兄貴が弟に向かって、〝俺、双葉と同じ公立中学へ行きたかったから、受験に失敗しても、全然痛くないから！〟って説明して。〝それを先に言ってよ！〟みたいなことになって、落ちが付いたんですけどね」

士郎をからかいつつ、鷹崎部長に最後まで説明を終えると、充功がコーヒーの入ったカップを各自に配った。

それこそ「寧も座れよ」みたいな目配せまでしてきて。

「そう。逆に弟のしでかしたことが、兄に巡ってくることもあるから、些細なことでも報告し合おうねってことになっただろう。しかも、教育実習生ともめるとか、些細なこととは思えないだろうに。どうして俺への報告がないんだよ」

俺は鷹崎部長の隣に回り込んで、コーヒーをもらいながら腰を落ち着けた。

でも、聞くことは聞くし、誤魔化されないぞ！

すると、口を噤《つぐ》んだ充功を今度は双葉が庇《かば》った。

「そう言わないでよ、寧兄。教育実習って言ったら、去年の五月だよ？　寧兄が初めてきららや鷹崎さんを自宅に招いたりしていた頃だよ？　さすがに俺たちも空気読んでるっていうか、なんて言うか――。よっぽどのことでもない限り、煩《わずら》わせないようにしようってなるだろう」

こういうときは、お兄ちゃんなんだよな――双葉も。

とはいえ、これを改めて言われてしまうと返す言葉がない。

「あ。ごめん。そう言われたら、そうだった」

何せ、微熱のきららちゃんを預かって帰宅し、小児科へ連れて行ったことだけで、士郎には俺の鷹崎部長への気持ちが〝なんかこれまでと対応が違う相手だ〟〝消去法でいったら恋してる？〟と、分析されたほどだ。

当時はまだ七生が予防接種を全部すませていないのに、何の病気かわからない子を家に連れてくるってだけで、日頃用心深い俺の行動とは思えなかったらしいから――。

俺からしたら、そこまで見ている士郎のほうがすごすぎるんだけど。

これはもう、昨日今日始まったことではないからね。

それに、今はこっちのほうが大事だし！

「でも、ここまで聞いたら気になるだろう。充功も士郎もなんの被害にあったの？　父さんは知ってるの？」

俺は、まずは謝った上で、当時の話を聞いた。

さすがに父さんにまで黙っているはずはないと思ったが。ここから先の話を聞くには、父さんというワンクッションをいれて確認するほうがスムーズだから——。

「父さんには一応、各担任から知らせが行ったけど。内容が馬鹿っぽすぎて、ご苦労様って言われたかな」

「馬鹿っぽくて、ご苦労様？」

鷹崎部長も興味が起きたのか、コーヒーカップに手を伸ばしつつも姿勢を正した。

すると、俺に今更話をするのは躊躇《ためら》われても、鷹崎部長に話して聞かせる分には抵抗がないのかな？

双葉まで身を乗り出して、説明をし始めた。

「はい。何せ、一人は〝わかってるのよ。充功くんが私に恋をしてるのは！　私って本当に罪な女！〟ってなっちゃった女子大生で。もう一人は〝一つの群れを手中に収めて言うことを聞かせるには、頭を押さえて自分のほうが上にいることを示すのが一番てっとり早いと思ったから〟って、士郎に喧嘩を売って。勉強で負けた腹いせに体育の授業でボコボコにして、逆に子供たちから非難囂々《ごうごう》で、校長先生に怒られて。次の日からいじけて出てこなくなった男子大学生だったので」

双葉の口からつるっと出てきた話は、まさに想定外という内容だった。

「――は!? え? 充功が女子大生に恋!? 士郎のほうは、なんとなく想像が付くけど、充功のそれは一体何? 何がどうしたら、そういう話になるの? そんなに可愛いお姉さんとかだったの?」

俺は思わず充功と士郎を交互に見る。

だが、これに関しては二人とも、完全に苦笑してしまっている。

「いや、寧兄。すでに勘違いしてるから。相手の女が勝手に充功が自分に惚れてるって思い込んで、中学生に恋される私で舞い上がっちゃって。当時していたらしい婚約を破棄するとまで言い出したから、その婚約者がいきなり学校に乗り込んで来て、内々にはすませてたけど、けっこうな騒ぎになってたんだって」

双葉はすっかりノリノリで話してくれるけど、俺は思考が追いつかなくなってきた。

女子大生が、それも当時大学四年生ってことは、俺より年上だよな?

仮に本当に中学生から片思いされたとして、それがわかっても、普通は喜んだりはしゃいだりはできないだろう？

思わず鷹崎部長の意見を求めるように振り返るも、これぱかりは俺と同感のようだ。

俺を見ながら「意味がわからない」と言いたげに、ゴクリとコーヒーを飲み込んでいる。

すると、ここで充功本人がようやく口を開いた。

「しかもさ――。なんの偶然か、その実習生と婚約者の別れ話現場に、たまたま士郎がい合わせた上に、その婚約者が乗り込んだのも何を間違えたのか、小学校のほうでさ。だから、これに関しては士郎が一番詳しいっていう――妙な話で。な、士郎」

だが、これはこれで新たな展開？

どうしてこんな、中学生でも問題だろうって話が、小学生に行く⁉

「ま、まあね」

「え⁉　何それ。俺も聞いてない。説明しろよ！」

双葉自身も知らなかったのか、いきなり席を立ちかけた。

そこは充功が腕を掴んで座らせたけど、俺からしたら「ほら、みろ」だ。

自分が知らない話が出てきたら、一瞬とはいえ冷静ではいられなくなるんだよ。

――なんて思っていたら、心情を読まれていたのか、鷹崎部長には「クスっ」とされちゃったけどさ！

「その話のあたりって、双葉兄さんは生徒会選挙とかで忙しかったから、帰りが遅かったでしょう。それで、結果報告だけだったんだと思うよ。というか、本当に僕が出くわしたのは偶然だから。エリザベスと散歩に行って、第一公園でひと休みしてたんだ。そうしたら。向こうからやってきて……」

それでも、俺と双葉が無言の圧《あつ》をかけたんだろうな。

士郎はそこから持ち前の記憶力を発揮して、かなり見たまま、聞いたままを説明してくれた。

俺たちは黙って耳を傾けることになった。

＊＊＊

充功の学年に教育実習で来ていたのは大学四年生で、士郎の目から見て分析をしても、「綺麗なお姉さん」と呼ばれるタイプだったそうだ。

また、ひと目で彼氏とわかる相手の男性も、彼女の一つか二つ年上なのだろうが、充分高身長なイケメン好青年。実にお似合いな二人だったらしい。

だが、何の偶然なのか、言い争いながら公園へ入ってきた二人は、ベンチで寛いでいた士郎とエリザベスの前で立ち止まった。

猛進していた彼女を追いかけていた彼氏さんが、彼女の腕を掴んで引き止めたのが、またまその位置だったらしい。

〝いきなり別れるって言い出したと思ったら、何を考えてるんだよ！　中学生に恋したとか、どうかしてるんじゃないのか!?〟

〝恋したんじゃないわよ、恋をされたのよ！〟

いきなり視野に入ってきたかと思うと、別れ話が拗《こじ》れたのか、口論を開始。

士郎とエリザベスは動くに動けず、ジッとしていたとのことだった。

どうやら相手からは、一人と一匹の存在がまったく見えていなかったようだ。

空ではこれまた偶然か、鴉《カラス》が「アホーアホー」と鳴いていたらしい。

〝恋の意味もよくわからないような一途な瞳でジッと見つめてくるの。それがなんだか、日々愛《いと》おしくなってきて――。応えられないまでも、真摯に受け止めたいって思っちゃったのよ！〟

〝は!?　何をどう、受け止めるって言うんだよ。思春期の中学男子なんて、自分の恥部《ちぶ》を晒《さら》すようでなんだが、隙あらばエロいことしか考えてないぞ！　異性なんて、顔と胸と尻しか見てないのが普通だ、普通！〟

〝一緒にしないでよ！　彼はそんな子じゃないわ！　純粋なのよ。あなたみたいに目も心も曇ってないの！　もちろん、彼と結ばれようなんて思ってない。でも、気持ちは変えられないの！　たとえ魔女と呼ばれても、この気持ちはどうにもできないのよ！〟

しかしその内容は、士郎から言わせると確かに「アホー」なもので。

特に女性のほうは、いつの時代のドラマの影響だ？　というくらい、思考がどこかへ行ってしまっていたらしい。

すると彼氏さんも同じようなことを思ったらしく、ビシッと言い放った。

〝テレビか漫画の見すぎだろ！　普通に考えろよ。十三、十四の子供相手に、君は二十一だぞ。直《じき》に二十二になろうって女なんか、相手からしたらただのおばさんだろう！〟

この段階で、すでに好青年が崩れ始めてブッ千切れていたようだが……。

〝そういうデリカシーのないところが嫌いなのよ。おばさんで悪かったわね！　もう、あなたとはこれで終わりよ！　婚約も破棄よ!!　ふんっ〟

〝おい！〟

そのあと再び彼女がどこかへ猛進していき、それを彼氏が追いかけていったことから、士郎とエリザベスの視界からは消えていった。

〝……い、いこうか。エリザベス〟

〝くぉん〟

なので、ようやく士郎もその場から動くことができて、散歩を再開。

そのまま帰宅したらしい。

〝それにしても、中学生相手って〟

士郎からしてもその女性の思考は「大丈夫か!?」と突っ込みたくなるものだったらしい。

だが、家で話題にするほどでもないので、まあいいか——と見なかった、聞かなかったことにした。

しかし、本当に大ごとになったのは、それからで……。

「ただ、その翌日、いきなりその元婚約者さんが学校に乗り込んできて——。どうしても話したいことがあるから、兎田って男子生徒を呼んでくれ！　って言ったものだから、まずは僕だけが校長室に呼ばれたんだ。けど、まあ、ビックリだよね。誰がって、呼び出した元婚約者本人が、きっと一番」

なんと！

その彼氏さんは〝彼女に恋する中学生男子〟に物申したかったか、事情説明を求めたかったのだろうが、誤って士郎のところへ突撃。

地元の人じゃなかったのだろうし、小学校を中学校だと思い込んで乗り込んだんだろうが、まさかどちらにも〝兎田って男子生徒〟がいるなんて思わないから、士郎を見るまで自分の勘違いにも気づけなかったようだ。

当然、気づいたときには軽くパニックを起こして、膝から崩れ落ちたらしいが――。

それでも樹季が一緒に呼ばれなくてよかった。

このあたりは、対応にあたってくれた校長先生のグッジョブだ！

「それは……。別の意味で修羅場《しゅらば》だね」

鷹崎部長が溜め息交じりに呟く。

確かに、想像できる絵面《えづら》なだけに、俺や双葉も顔を見合わせて苦笑するしかない。

「でも、先に彼と会ったのが僕でよかったと思います。偶然とはいえ、その時点で、大体の話がわかっていたので、まずは僕のほうから事実確認します。小学校から中学校に連絡をしてもらいますから――ってことにできたので」

そして、ここからが士郎の本領発揮だったのかな？

その場には校長先生や他の先生もいただろうに、いったんは士郎に任せることにしたようだ。

この場合、誤爆した彼氏さんのほうが、その時点で戦意喪失したのかもしれないが。

先生たちも、これ以上他人が入るよりは、先に兄弟間で事実確認をしてもらうほうが、大ごとにならないと判断したのかもしれない。

俺は、士郎からの聞き役を鷹崎部長に任せて、時折乾いた口内をコーヒーで潤す。

「ただ、僕からすると、当時の充功が誰かにときめいてる風には見えなかったんで、先に相手の女性の勘違いじゃないですか？　って、けっこう強く言ったんです。けど、その元婚約者さんは、すっかり彼女の言い分を信じてしまっていて。なので、これでは充功に話を聞いても、すんなり事実を受け入れるとは思えない状態だったんです」

士郎も自分で作ったコーヒー牛乳を飲みつつ、説明を続ける。

話の内容と士郎自身が全く合っていないのが、本当になんとも――だ。

「だから、僕から充功と仲のいいお友達にお願いをして、充功が先生のことをどう思っているのか、聞き出してもらおうって提案をしたんです。友達相手なら、本心を話すだろうしって。そうしたら、元婚約者さんも納得をして。なら、裏庭に充功を呼び出して、話をしてもらって、それを僕と元婚約者さんと校長先生が盗み聞きするっていう。まあ、今思い返したら、滑稽《こっけい》としか言いようがないんですけどね」

――と、ここで双葉が、飲んでいたコーヒーを噴き出しかけて咽《む》せた。

「……駄目だ。その絵面を想像しただけで、もう……、腹が痛くなってきた」

肩を振るわせる双葉を見ながら、鷹崎部長も俯いている。

先に笑われてしまったので、グッと我慢したのだろう。

こういう話に弱いのは、鷹崎部長も一緒だから。

「ここの小中の先生たちって、本当にまめというか。丁寧だよね。何より、きちんと子供の話も聞いてくれるし」

こうなると、俺は話の持って行き場を、先生たちにするしかなかった。

こんな時になんだけど、これからきららちゃんが通っても、安心してもらえるかなって。

いや、こんな流れ弾みたいな教育実習生の存在があって、安心も何もないけど。

少なくとも、今いる先生たちは、こうしてきちんと対応をしてくれるから――。

「うん。さすがに先生たちも、それはないだろうって思っていたらしいんだけどね。でも、中学生の男子が年上の女性を好きにならないとは言い切れないから。しかも、それが理由で婚約破棄とかってなっていたら大問題だし。とにかく、まずは充功の本心を知らないことには始まらないって考えたんだと思う」

「校長先生、きっといろんなことが脳内に回ってただろうね」

「下手したら、マスコミが大喜びしそうなスキャンダルだしな」

士郎と俺と双葉で、うんうんと頷き合う。

ただ、ここまで話が進んだところで、俺はふっと気になり充功を見た。

「それで、結局充功は？　先生のことが、好きだったの？」

俺たちは〝ありえない〟って体《てい》で話していたが、万が一にも――と思ったからだ。

「んなわけねぇじゃん」

即答で拒否された。

「うん。そんな可愛い話じゃなかったね」

「士郎！」

しかも、これに頬杖《ほおづえ》を突いた士郎がニヤリと笑って、充功の顔が一気に真っ赤になる。

これは、そうとうな落ちが待っていそうだ。

「もったい付けるな！　ありのままを話せ！」

「双葉っ！　どうどう」

もう、こうなるとただの笑い話なのか、双葉がせっつくのを俺が止める。

それなのに、まさかの鷹崎部長が、士郎に尋ねる。

「――で？」

そうとう続きが気になったようだ。

これには俺のほうが噴き出しそうになってしまった。

同時に、この話を一年前に聞かなくてよかったのかな？

こうしたところからも、鷹崎部長の一面が見えたりするし――なんてことも思い始める。

そして、士郎からその後の説明が続いた。

とはいっても、ここからは充功と普段から仲のいい子、俺に充功の七音域音痴を教えてくれたお友達、二人とのやりとりだ。

当然、いきなり士郎から電話がくるは、こんなお願いをされるはでビックリしただろうに、彼らは二つ返事で引き受けてくれた。

本当に放課後に充功を学校の裏庭に誘導して、物陰《ものかげ》に隠れてスタンバイしていた彼氏さんや士郎、小中両方の校長先生にもわかるように、真相を聞き出してくれたんだ。

〝――え？　教育実習の先生をどう思ってるかって。何が？〟

士郎からすれば、この第一声で「やっぱり、ないって」としか思わなかったらしい。

ただ、実はお友達のほうは、すでに気になっていたことがあったらしく――。

〝いや。なんか、たまにジッと見たりしてただろう。あと、荷物を持ってあげたり、親切にしてたからさ〟

〝その、好みなのかな～って。気になっちゃって〟

充功に聞いたときには、思いのほか真剣だったらしい。

それこそ、士郎が見ても演技や依頼を疑われないくらい真顔だった。

ようは、彼女の誤解を招く素振りを、充功自身も無意識のうちにしていたということだろう。

ただ、これがどうして「そんな可愛い話じゃない」になったかといったら、ここからは充功のほうも、彼女とは別の方向に斜め上へ行ったからだ。

〝ああ――。好みとかでなく、なんか最初に見たときに、後ろ姿が母さんに似てるな～って思ったんだ。けど、前から見たら全然違うかって。それだけかな〟

〝母さん⁉〟

〝は？　それだけ⁉〟

母さんって言われたところで、俺たちはいっせいに噴き出しかけた。

これは、どんくさい俺でもわかる！

それって、女性との恋愛絡みでは、一番男が口に出したらいけない単語じゃない⁉

〝でも、荷物とかは？〟

〝一人で重そうにしてるのを見たら、手伝うのは普通だろう。どうせ移動教室で目的地も一緒だし。ってか、それくらいのことは、気がついたら担任相手でもしてるけど、お前らはしないの？〟

ちなみに充功の担任の先生は、四十代半ばのごく普通の男性だ。

逆に「手伝うよ」なんて言われたら、男泣きするか、照れるかしそうだ。

〝それじゃあ、先生が好きとかってことじゃなく？〟

〝好き？〟

〝そう！　恋愛って意味で〟

だが、お友達の追及は止まらなかった。

むしろここから加速がかかっていく。

それにも拘《かか》わらす、充功はのんびりとしたものだった。

〝恋愛？　いきなり聞かれても、よくわかんねぇかな。ってか、相手が寧よか年上とか、普通にやばくない？　はなから対象外じゃねぇの？〟

対象外の一言に、士郎も一応は胸を撫で下ろしたらしい。

まあ、そりゃそうだよねって話だけど。

〝いや、そういう現実的なことは置いといて。憧れとか、そういうのならあっても不思議ないだろう。綺麗なお姉さん先生であることには変わらないし〟

〝ん～っ。そうなのか？　確かに後ろ姿で母さんを連想したくらいだから、スタイルはい

いんだろうけど――。でも、ここだけの話さ。俺には父さんや寧、双葉のが美人に見えるんだけど〝

〝え！　基準そこ!?〟

しかし、ここである意味、充功が本領を発揮し始めた。

これにはお友達だけでなく、彼氏さんや士郎も驚愕したようだ。

逆に言えば、どうしてこれを聞いた校長先生たちが、顔を見合わせて「ああ」「なるほどね」って頷き合ったのか、今となってはそこのほうが問題だ。

――というのが、士郎の弁だ。

ちなみにこの時点で、鷹崎部長は使い物にならないくらい、笑いを堪《こら》えて大変だ。

そうしてここからは、悪意なき充功の突っ込み返しが始まった。

〝俺の周りに世間が認める綺麗とか美人が、他に思い当たらねぇんだよ。芸能人とか興味ねぇし。って、お前知ってたら教えろよ。俺の視野が狭いのはわかってるからさ〟

だが、これは本当に想定外の展開だったのだろう。

そこからお友達は、本気で頭を抱えたようだ。

〝……ごめん。ざっと周りを思い出しても、颯太郎《そうたろう》さんや寧さん、双葉さんって言われたら無理。超えられないわ〟

〝うん。同性だってわかってるのに、普通に綺麗な人たちって聞かれたら、真っ先に思い浮かぶ顔だわ。これればかりは、どうしようもない。変な例えだけど、パッと見た瞬間の犬や猫に、わ、美形！　って思うときって、雌《メス》とか雄《オス》とか気にしてないのと一緒だと思う。性別が気にならないとか、超えた綺麗さってあるんだと思うよ〟

でも、ここまで聞かされると、今度は俺や双葉が恥ずかしくなってくる。

実際、これを真顔で口にしただろう充功が、どうりでさっき真っ赤になったはずだ。

――さすがに恥ずかしすぎるよ！

しかも、お友達まで同意してるなんて!!

こうなるとお友達もとことん聞きたくなったのか、話の角度を変えてきた。

〝なら、充功。可愛い子は？　タイプが違えば、見方も変わるだろう〟

普段こんな話をしているようには見えないから、一気に好奇心が爆発したのかもしれない。

〝可愛い？　それって季樹と比べていいのか？　今のところ、顔だけで言うなら、あいつの右に出る顔が浮かばない。七生も可愛いけど、若干凜々《りり》しいんだよな。七生の方が〟

そして充功の答えは、いっそう空高く、斜めに飛んで行った。

ここまで来ると、もう俺も双葉も通り越したので、ただ笑える！

これを淡々とした口調で説明してくれる士郎が、鉄人に見えてきた。

今のところ、自分の名前だけ出ていないからか!?

それとも、あえて飛ばしてる!?

〝否定できない〟

〝想定外のハードルの高さだ〟

その上、充功が充功なら、その友達も友達だった。

〝そしたら、優しいとか面倒見がいいとか、料理上手いとか……、ごめん。ここも寧さんダントツだわ。颯太郎パパってなったら、神の領域だし〟

〝勉強できるってなったら、双葉さんに神童《しんどう》士郎がいる。スポーツにしても双葉さん万能説だ〟

〝庇護欲《ひごよく》を誘うってなったら、弟たちの上へいくのは、ないに等しいしな。樹季も武蔵も七生も滅茶苦茶可愛いし。だいたい、一番普通の子っぽく見える武蔵がすでに、園児の中に放り込んだらブラックダイアモンドレベルの輝き！　ああ、俺にも欲しいよ、こんな兄弟！〟

そのまま三人で、綺麗なお姉さん先生の話はどこへいった!?　になったらしい。

特にお友達は、すべてが他人事《ひとごと》なので、その後も大いに盛り上がる。

〝――ってかさ。そもそも、最初のきっかけになってる蘭《らん》ママが超美・超人じゃん!? 裏から見ても、表から見ても、ここで超えなきゃ話にならないって、もう世間の女からしたら無理ゲーだろう。恋って異世界へ飛んだら、レベル1でいきなりラスボスと遭遇なんて、生き残れるはずがないよ〟

〝充功。恋愛できんのかな？〟

〝比較対象が親兄弟って絶対にまちがってるんだけど。よっぽどのマゾでもない限り、これだけできた人間が家の中にいたら、あえて外には求めないだろう〟

〝思春期の恋心さえなかったことにするキラキラな親兄弟って、どうなのよ〟

〝いやいや。誰もそこまでマザコン、ファザコン、ブラコンじゃねえよ？ 単純に、今はそういう感じで見れる子がいないだけで〟

さすがに最後は充功自身も否定したようだが、なんにしてもこれを物陰から聞いていた大人たちが、その後どうなったのかが心配だ。

すでに、気の毒としか思えないが――。

「――でね。これを聞いていた元婚約者さんが〝そんな馬鹿な！〟って言って、これまで以上に大混乱を起こして。そこへすかさず、校長先生たちが自分のスマートフォンで、卒業式かな？　前に父さんや兄さんたちと一緒に撮った写真なんかを出して見せたんだ。そしたら、もう。その場で土下座《どげざ》して、僕に〝失礼しました。だいたいよく見たら充功くんのほうが彼女より美形だし、論外なのは頷けます〟って、訳のわからないことまで言い出して謝ってくれて」

いや、そうでもなかった！

ここへきて、双方の校長先生たちが、俺たちの笑いにトドメを刺した。

先生！　先生!!

校長先生たち、何してるの――っっっ!!

「どう考えても、彼女の勘違いだろうから、この件に関してはもう一度自分が掛け合って説明する。それにしたって、こんな馬鹿なことに巻き込まれて、婚約解消もなかったことにできないから、双方の両親にもきちんと相談するって言って、帰っていった。そこから先は知らないけど、多分婚約解消が撤回《てっかい》されることは、なかったような気がする」

こうして充功の恋話ではなく、巻き込まれていたことさえ知らずに終わったらしいトラブルの話は終了した。

そして引き続き、士郎のほうの教育実習生トラブルは!?　と言えば、ここは充功が張り切って教えてくれたのだが――。

＊＊＊

「――は？　何それ」

さっき双葉が要約してくれたままで、それ以上でもそれ以下でもなかった。

何を考えてそうなったのか、実習期間に伝説でも残そうとしたのか、学校へ来てから二、三日は気のよい爽やかイケメン先生だね――などと、評判だったらしい。

その間に教育実習生は、学年全体を虎視眈々《こしたんたん》と見渡し、四年生のリーダー格がいったい誰なのかを見極《みきわ》めようとしていたようだ。

最初はそれこそ士郎の親友でサッカー部のエースでもある手塚晴真《てづかはるま》くんかな？　とか。

もしくは、プロのジュニアサッカーチームに在籍している飛鳥龍馬《あすかりようま》くんかな？　とか、見当をつけて、接触していたようだ。

でも、一週間もすると、どこで誰と接触をしても、出てくる名前が「士郎」だったこと。

また、士郎が全国的な学習塾の小学生高学年の部で全国模試一位を取った神童だという話を聞きつけたようで、「リーダー格はこの子か」となったらしい。

そこから徐々に絡んでくるようになり、それこそ生徒たちの前で士郎を「そんなこと言

って も、神童なんて結局はただの子供」「頭の良さでは大人には敵わない」「むしろ、二十歳過ぎたらただの人にならないように、気をつけないとね」「今だけの栄光から目を覚まさないと」みたいな下げ発言が増えていき、うっとうしいくらい絡んできたらしい。

そして、周囲に「この子より先生のほうが上なんだよ」「偉いんだからね」と植え付けようとしたというのだ。

それも、他の先生たちの目を盗んで！

陰で、こっそりと!!

これには、聞いている俺のほうがぶち切れて、コーヒーカップを倒しそうになった。

それも鷹崎部長まで一緒に！

「だから、寧には言えなかったんだよ」

「ってか、鷹崎さんまで！　ここは寧兄を止めてよ。気持ちは嬉しいけど！」

――なんて、充功や双葉には笑われてしまったが。

ただ、これくらいでプチンと切れて眼鏡をクイッと上げる士郎ではない。

そこに至ったのは、士郎があれこれ言われていたところへ遭遇した晴真くんが滅茶苦茶怒ったら、

〝君はお友達のことより、まずは自分の将来を心配しないと。成績が悪いのに、肝心なサ

ッカーだって飛鳥くんには、まったく歯が立たないんだからさ〟

〝っ!!〟

――と、笑って馬鹿にしたからだ。

瞬間、晴真くんが息を詰まらせたらしい。

同時に士郎が眼鏡のブリッジをクイッと上げる。

これにはもう、今更聞いている俺でさえ、思う存分やってしまえ！　だった。

〝それを言うなら、先生のほうこそ将来を心配されたほうがいいんじゃないですか？　そもそも子供に向かって、何を勝ち誇ったような顔で言ってるんですか？　小学生相手に大学生が何か一つでも負けるようなことがあったら、それこそ笑えないですよね～。というか、僕も晴真も先生に心配されるようなことは何もないですから。少なくとも晴真は先生よりスポーツ万能だろうし、僕も勉強で先生に負ける気は全くしないし、二人して性格もいいので、先生みたいなお山の大将じゃありませんから〟

〝なっ、なんだと！　小学生が大学生に勝てるはずがないだろう！　俺を、いや世の中を馬鹿にするな！　しかも、お山の大将って――ふざけるな!!〟

士郎にしては、なんだか幼稚《ようち》な切り返しだった。

しかし、これは「相手に言い方を合わせただけ」だそうで、これを聞いた時点で、俺は苦笑するしかなかった。

そもそも士郎がここまで低俗な切り返しをしたってことは、双葉たちに説明した以外にも、そうとうな失礼発言を連発されたのだろうと、想像もついたから。

〝でしたら、証明しましょうか?〟

〝やれるものならやってみろ! 何が神童だ。ただの頭でっかちが!〟

——そして、士郎は教育実習生と対決をした。

誰が見たって平等な対決になるはずもないのだが、ここは士郎の提案により、お互いに国語、算数、理科、社会の四教科で問題を出し合い、どちらがより答えられるか——という方法を取ったらしい。

結果は言うまでもない。

大人げなく出された大学で習うようなレベルの問題をすべて答えた上で、士郎は相手の問題レベルのちょっと上をいく微妙なラインを攻めて、圧勝したらしい。

士郎曰《いわ》く、「小学四年生の問題を出したところで、現役じゃないから忘れた。理解していないわけじゃないと逃げられるだけだから、相手のレベルを見切ってから問題を用意した」そうだ。

この時点で、もう敵わない。

それをやられたら、きついな――と、鷹崎部長まで漏らしたほどだ。

ただ、これはあくまでも士郎と晴真くん、そして教育実習生の三人が教室に居合わせたときのこと。

ここで教育実習生が気持ちを入れ替えるなり、反省してくれれば、士郎はそれでなかったことにするつもりだった。

晴真くんにも、他言無用を約束させたらしいのだ。

しかし、その教育実習生は後日、体育の授業で士郎に無茶ぶりをし、延々とグラウンドを走らせるという、目に見える仕返しをした。

これには再びプツンと来たらしく、士郎もムキになって走ったらしいが、すぐに沈没することに――。

何せ、そもそも士郎は運動が苦手だ。

そこは周知のことで、教育実習生もすでに知っていたはずだった。

そのため、この様子を教室の窓から見ていたらしい晴真くんが、「あんなの弱い者いじめだ！　士郎に勉強で負けたからって、こんな仕返しは卑怯《ひきょう》だ！」と叫んだ。

そこへ周りの生徒たちもがいっせいに「そうだそうだ」「先生ひどい！」と賛同したものだから、さすがに他の先生たちも飛び出してきて、大ごとになったらしい。

そして、これがきっかけで、教育実習生は校長先生たちにも、士郎との勉強対決やそれ以前の思惑まで知られることとなり――。

懇々《こんこん》とお説教をされたら、「これだから学校なんて嫌いなんだ。やっぱり俺は別の道を行く！　俺にふさわしい道をだ！」とふて腐れて、翌日から学校へ来なくなった。

他に言いようがないほど、本当に子供のようにふて腐れていたので、父さんに謝罪電話をしてきた担任の先生も、そうとしか説明ができなかったらしい。

これには俺も、唖然とするばかりだ。

(うん。こんなトラブルが続いたら、確かに父さんも「ご苦労様」としか言いようがないよな)

特に、士郎に対しては――。

「結局、充功がカップル崩壊の原因になったことは間違いないのか」

それでも、これらの話の最後は、双葉が充功を茶化して締めくくられようとしていた。

時計の針は、すでに十一時半をさしかかっている。

「知らねぇよ！　ってか、これって俺は関係ないですよね？　鷹崎さん」

「え⁉」

「鷹崎さんなら歩いてるだけで何組も崩壊させてそうだから」

しかし、ここで思いがけない流れ弾⁉　が、鷹崎部長に飛んで行った。

充功も、どうしてここで鷹崎部長を巻き込むかな？

鷹崎部長が内心焦《あせ》っているのか、チラチラと俺のほうを気にしてきた。

「いや、さすがにそれは……」

「一度もないんですか⁉　たったの一度も！」

「……二、三度は、聞いたことがあるかな。あとになって、周りから」

それでも充功に追求されると、嘘がつけないのか、つきたくないのか、ぼそりと言った。

俺からしたら、「は⁉」だ。

でも、まあ――こればかりは、周りが勝手にってことだろうから、仕方がないのかな？

会社でも、本人が知らないところで、勝手に盛り上がったり、盛り下がったりするのは、俺も見てきたし。

「でっしょう！　ってか、それ絶対に二十回や三十回の間違いだと思いますけど。でも、父さんや寧や双葉だって絶対にやってるって！　本当に勝手に人の知らないところで理由にされてるから、わからないだけで」

だからといって、どうして充功は調子に乗るかな?

とうとう父さんや俺たちまで巻き込んできた。

「まあ、父さんはわからないけど、俺自身はないはずだ」

「それを言ったら、俺だって」

それでも双葉が「知るか」という態度を一貫しているので、俺もそれに習った。

が、どうしてかここで鷹崎部長が目を逸らした!?

「え!? ないですよね? そんなこと、聞いてないですよね、鷹崎部長!」

しかし、ここで俺は、聞いてから失敗したと思った。

俺が確認しなければ、鷹崎部長だって答える必要はなかっただろうに。

「いや、何度か耳には入ってきた。数えたことはないが、一度や二度じゃないことだけは確かだな」

鷹崎部長は、申し訳なさそうに教えてくれた。

「え!?」

驚きつつも、やっぱりこうきたか——と、俺はため息と共に肩を落とす。

「だから言ったじゃないか! 寧みたいなのが一番無自覚にやらかすんだよ」

こうなると、鬼の首を取ったように、充功が大はしゃぎだ。

「それ、充功が言う!?」

「まあまあまあ。どっちもどっちだって」

「双葉だって！　絶対に他人事じゃないよ」

「え～」

結局、俺たち上の三人は、どう考えても自分たちに責任のないことで、「そっちのほうが」と言い合った。

「――申し訳ない」

「いいえ。こちらこそ、いつもいつもこんな調子ですみません」

すると、そんな俺たちを横目に鷹崎部長と士郎は、お互いにコーヒーのお代わりをしつつ笑い合っていた。

今夜は珍しく零時近くまで、こんなわちゃわちゃな話をし続けてしまった。

2　午前三時のナイト・好き好き鷲塚さん

テンやエルマーママ、隼坂さんと「バイバイ」したあと、鷲塚さんと僕はパパさんとママさんが待っているおっきなお家へ向かった。

「疲れたか？　寝てていいからな」

「くぉん」

優しく頭を撫でてもらった僕の名前はナイトくん。

セントバーナードのエリザベスパパとエルマーママの次男坊で、飼い主さんは鷲塚廉太《れんた》郎《ろう》さん。

鷲塚さんは、おっきな車の後ろにペットケージを取り付けて、どこへ行くにも僕を一緒に連れて行ってくれる。

すっごく優しい飼い主さんなんだ。

背も高くて、どんどん大きくなる僕を軽々と抱っこもしてくれて、すっごくカッコイイお兄さんなんだよ。

いつも僕のことを撫で撫でして、ぎゅーってしてくれて、本当に大好き！

でも、鷲塚さんが運転中、僕はずーっとケージの中に入っているから、そのときは側にいられなくて寂しいよ～ってなっていた。

そしたら、最近ペットカメラ？　小さいテレビ？

それとも前に僕が踏んづけちゃったことがある、タブレットとかっていうやつかな？

とにかくケージの中から見えるところに、四角いのを付けてくれた。

（あ！　付いた。鷲塚さんの顔だ！）

これが着いてから、僕は車が走っている間も運転している鷲塚さんのことが見られて、話しかけてくれる声も近くなって、「パウ！」ってお返事もできるようになったんだ。

鷲塚さんの運転席からも、僕のことがちゃんと見えるんだって。

すごいでしょう！

それにこの前は、「もう少し大きくなったら、助手席に座れるようにしてやるからな」って言ってくれたの。

そしたら、ずっと隣にいられるんだよ。

窓から外も見られて、ああ！　早く大きくなりたいよ!!

（好き好き！　大好き、鷲塚さん！）

――なんて思って、ケージの中で鷲塚さんの横顔を見ながらゴロゴロしているうちに、お家に到着！

僕らは車を降りると、大きなマンションのエレベーターに乗って、最上階へ着いた。

広い玄関で、鷲塚さんが「ただいま」って声をかけたら、廊下のずっと奥のほうからママさんの「はーい。おかえりなさーい」って声が聞こえる。

「オカエリナサイ。オカエリナサイ」

「ナイト、タダイマ」

廊下の途中からは、いつも僕とお話ししてくれるロボット兄弟・ソルトくんたちも声をかけてくれた。

「パウパウ」

二体は僕とエイト兄ちゃんや弟のテンよりそっくりさんだけど、僕にはちゃんと違いがわかるんだ。

最初にここへ来たときに囲まれて、

〝イヌ。ハッケン〟

〝ニンシキシマシタ。セントバーナード。ナマエハ、ナイト〟

「！」

〃ブンセキチュウ。ブンセキチュウ。コノドウサハ、イヌノハイニョ……、ヒッ!?〃

ビックリしたけど、見ていたらなんか嬉しくなっちゃって、ちっこをかけちゃったのがお兄ちゃんってことになったから。

うん！　そういうことにしてくれた鷲塚さんや、鷲塚さんのママさんとパパさんは本当に優しいよ！

今も僕らの姿を見るなりニッコリ。

「お誕生会は、どうだったの？」

早速今日のことを聞きながら、屈んで頭を撫でてくれる。

「いつも通りの大盛況」

「そう。やっぱりうちも、二軒の裏に家を建てて、引っ越しちゃおうかしら。ねぇ？　あなた」

そう言って立ち上がったママさんの「引っ越し」って言葉に、耳がピクン！　とする。

ここのところエリザベスパパたちのところへ行く度に、白猫だけど僕らの家族・エンジェルちゃんが、「もうすぐよ～」って嬉しそうに言っているから。

エンジェルちゃんは寧くんのお家へ遊びに来るとき以外は、いっつもお昼は一匹でお留守番なんだって。

きららちゃんは幼稚園、きららパパはお仕事に行っちゃうから、その間はケージの中でポツン……って。

きららパパが買ってくれたケージは大きいし、中にはおもちゃもトイレも寝床もお水もあるけど、やっぱりつまらないみたい。

だからいつも「みんないいな～」って言ってたんだ。みんなでエリザベスパパたちのところへお引っ越しするって決まったときには、「やったーっ」って大喜び。

僕らから見たら、きららちゃんより万歳してたかもしれない。

でも、でも～。ママさんたちが「お引っ越し」って言い出してから、僕もワクワク！

思わず尻尾がブンブン揺れちゃうよ！

だって、お引っ越しって、みーんなで一緒に住めるってことでしょう？

鷲塚さんたちだけでなく、寧くんたちやエンジェルちゃんたち、それにエリザベスパパたちとも！

「両親との思い出があるから、ずっとここにいたいと言ったのは誰なんだか」

「だって～。ねぇ、廉太郎」

「そのことは、ゆくゆく考えればいいんじゃないの？　まずはリフォームをよろしくってことで。あ！　工事中は車の出入りなんかもあるんだろうけど、俺としては何にでも使えそうなログハウスっぽいものが建っていたら嬉しいかも。おじいちゃんたちの一階の荷物も仮置きできるし、引っ越し終えたら会社の簡易事務所としても使える上に、展示見本も兼ねられるだろう。もちろん、俺と子供たちの遊び場として提供してくれたら、言うことないけどさ！」

「この期に及んで、すごいお強請《ねだ》りがあったもんだな」

「言うだけはタダだから」

「了解。検討しておくよ。まずはリフォーム最優先ってことで」

ああ、けど。まずはエリザベスパパたちがいるお家を直すのが先みたい。

――残念。

僕の尻尾が、途端にヘナってなっちゃう。

「あ、ナイト。風呂へ入ってくるから、部屋で寝てていいぞ」

「パウ～」

僕は「お引っ越し～っ」って鷲塚さんにすり寄っていくけど、さすがにこれは通じないかな？

七生くんは僕らの言うことを「あいちゃ！」って聞いてくれるけど、エリザベスパパが

言うには、

〝七生は生まれたときから俺が子守をしてきたし、エイトたちも生まれたときから一緒にいるから通じる特殊能力だワン！〟

――ってことみたいだから。

「なんだよ、帰ってきた途端に抱っこかよ。甘ったれだな」

でも、話は通じなくても、僕は鷲塚さんが抱っこしてくれたから、大満足！

「向こうでやらないってことは、一応エイトやテンの前では気を遣ってるのか？　そうかそうか」

鷲塚さんはお部屋まで抱っこしてくれて、よしよししながら自分のベッドへ下ろしてくれた。

そして、ベッドへ腰をかけるとハグして、両頬をモミモミして、おでこにもチュー。

「可愛い、可愛い。じゃあ、先に寝とけよ」

僕は尻尾をちぎれんばかりにフリフリしながら、部屋から出ていく鷲塚さんに「行ってらっしゃい」をした。

パタンと扉が閉まると、

（ふかふか～っ）

そのあとはベッドの掛け布団の中へ潜り込んで、

（ぬくぬく～っ）

鷲塚さんの匂いに包まれながら、安心して目を閉じた。

今日は朝からお出かけだったし、みんなでいっぱい遊んだから、すぐに眠くなってきた。

抱っこや撫で撫でも好きだけど、鷲塚さんと一緒に寝るのは一番好きかも！

（早くお風呂から出てきてね、鷲塚さん。……むにゃむにゃ）

＊＊＊

疲れて眠ってしまった僕は、夢？　を見た。

パパさんとママさんが真剣な顔でお話ししている。

リビングに置かれた一人用のソファにはパパさん、そしてその隣の三人掛けのソファにはママさんが座って、僕はママさんの隣に伏せていた。

パパさんもママさんもテーブルの隅っこで顔を近づけて、真剣に、でもすっごく楽しそうに話している。

〝――そう。結局二世帯住宅ではなく、二世帯同居のためのリフォームになったの。なんだか、寧くんらしいわね。帰ってきたときに、顔を合わせて、ただいまもできないのは寂しいって〟

〝本当にな〟

〝でも、きららちゃんの絵の部屋割りから想像すると、ただいまって帰宅するのは実家であって、お隣の亀山《かめやま》さん家には、いったいいつ帰るのかしら？　って気はするけど。うっかりしたら、鷹崎さんが仕事を持ち帰らない限り、二階は物置？　あ、でも――仏壇があるから、さすがに毎日……。え!?　位牌《いはい》と遺影《いえい》は兎田家の仏壇にあるの？〟

あ、これはちょっと前のことかな？

ママさんはきららちゃんが書いたお絵かきを見せてもらって、時々指をさしたりしていた。

すると、パパさんも同じようにさしながら、お話を続ける。

〝ようは、今の週末と大差がない生活を望んでるって証だね。けど、食事だけはみんなで賑やかにしたい。あとは、アイランドキッチンにしたいっていうのがあるから、亀山さん家のＬＤＫを今より広くして、庭側に面した畳スペースは残すにしても、基本はフローリングで壁もなくしていく方向で考えている〟

なんだか僕には難しい話になってきた。

パパさんはテーブルに置いていたコーヒーカップを手にする。

〝まあ、大胆！　でも、そこまでするのに、庭側は手つかずに近いの？　もったいなくないかしら？〟

〝こちらは反対側の隣家の勝手口に面しているからね。亀山さんが言うには、現在は五十代のご夫婦だけで住んでいて、付き合い自体は普通にしているそうだ。でも、ご夫婦とも働いているのもあり、普段から行き来をするほどの仲ではない。鷹崎さんたちとの面識も、ほとんどないと言っていいそうだ。そうなると、何かの時に隣から亀山家の内情がわかりにくい作りになっているのに、越したことはないかなと思って――〟

むむむ。なんだか、お顔まで難しくなってきたぞ！

でも、今の話は少しわかった。

エリザベスパパと遊んでいたときに、お庭側のお隣さんにお友達はいないの？　って聞いたら、お仕事が忙しいみたいで、時々しかご挨拶しないって。

パパがおじいちゃんたちのところへ来たときには、もう子供たちも大きくなって、お仕事場に近いところへお引っ越ししちゃってたから、そこのお兄さん、お姉さんともあったことがないみたい。

ただ、それはパパが寧くん家のほうばかり見ていたり、行っていたりしたからだとは思うワン——とも言ってた。

そしたら、エイト兄ちゃんも「だよねーっ」て笑ってたから、それだけなんだと思う。

〝ああ、そういうことなのね。確かに、そういう意味では、これまでと大差ない作りに見えるほうが、安心ね〟

ママさんもお話をしながら、コーヒーカップを手に取った。

美味しそうに飲んでいる。

〝だから、玄関先だけでも二世帯住宅に見えるようにフェイク扉にしてしまってもいいかな——とは、思っていたんだが。寧くんや鷹崎さんの話を聞くと、そこまでしなくてもいいのかなって。まあ、廉太郎が言うには、士郎くんが淡々とご近所に根回しをしているから、鷹崎さんの引っ越しは、きららちゃんの今後のためで、亀山夫婦からの提案もあってってことになっているし〟

と、今度は士郎くんの話が出てきたぞ！

エイト兄ちゃんが言ってた。

士郎くんはビシビシって、いろいろ厳しく「駄目」をしてくるけど、それを守るとすっごく嬉しそうに笑って、「偉い偉い！」って、いっぱい褒めてくれるんだって。

でも、最近はそれを真似してるのかな？

ちょっと悪戯《いたずら》すると、七生くんが「めーよっ」ってしてきて。悪戯をやめると「いい子いい子ねー」もしてくれるんだって。

もう僕たちのほうが大きいと思うんだけど、七生くんもすごいね！

〝――ただ。正直、今の時代になっても、人の恋路《こいじ》に偏見《へんけん》を持っている人はいても当たり前だし、今後もそういう人がいなくなることはないだろう。そこはもう個人の感覚であり、自由だ。だから、それを踏まえた上で、こんな素敵な人なら性別なんて関係なく好きになっても当たり前だよな、という認識を。そうして、こんな人たちが身近にいるって、なんだかハッピーだなって思ってもらえるようにしていくことで、すべてを超越していくつもりらしいよ〟

パパさんはそれからも士郎くんのお話をしていた。

〝まあ！　士郎くんってば。大人な思考ね。でも、確かにそれはいい作戦だわ。寧くんたちは、側で見ているだけで、ハッピーな気持ちにさせてくれるもの〟

〝だよね。しかも、彼は自分がまだ子供であることも、充分知っているからね。最悪寧くんたちのことで喧嘩をふっかけてくるような輩がいたときには、酷い酷い、意地悪だ！　兄さんたちは何も悪いことしていないのにって、樹季くんを巻き込んで、公衆の面前で大泣きして相手を責める――という作戦を用意しているそうだ〟

〝え!? 樹季くんや武蔵くんならまだしも、士郎くんが?〟

聞いててビックリ!!

そんな、士郎くんや樹季くんたちが泣かされたら、エリザベスパパもエイト兄ちゃんも許さないよ!

僕やテンだってパウパウだし、裏山の犬や猫、鴉たちだって怒っちゃうからな!

僕は思わず立ち上がった。

けど、すぐにママさんから頭をポンポンされて、伏《ふ》せに戻される。

しかも、ママさんがかけていたエプロンのポケットからは、おやつの乾燥ササミが出てきて、口元に!

僕は思いきりパクッって食いついて、美味しい!

ここからは、しばらく乾燥ササミを囓《かじ》ることに夢中になった。

ササミ大好きなのは、エリザベスパパに似たのかな?

〝ああ。黙って嫌だな——と思っている分には放っておくが。自分たちの耳に入るほど、または直接口にしたら、容赦はしないそうだ。申し訳ないが、世間への見せしめも含めて、いじめっ子認定。二度と寧くんたちのことで、あれこれ言えないようにしてやるそうだよ。廉太郎が、それはもう恐ろしげに話してくれたよ〟

あ、でも、パパさんが笑ってる。

なんだ、心配することないのか。

それに士郎くんたちには、鷲塚さんもついてるからね！

ママさんも「あらあら」って笑ってる。

僕は安心して、ササミを頬張り続けた。

美味しい！　幸せ。

〝そんな、身を滅ぼすような人たちが出てこないといいけど――。でも、二人が素敵すぎて、かえって妬《ひが》みや嫉《そね》みから悪く言う人が出てくる可能性は否《いな》めないから、むしろ士郎くんと樹季くんが大泣きする作戦はいいかもしれないわね。子供相手なら、大人も謝りやすいでしょうし。兎田さん宅の場合、お父様が本気で怒るほうが、取り返しがつかない気がするから〟

〝それは士郎くんも言っていたようだよ。自分たちがギャーギャーやるだけで世間の注目は集めるけど、お父さんやお兄さんが宥めてくれればそれで引き下がれるし、相手の謝罪で和解ができる。お父さんが切れたら誰も止められないから、これでも一応、相手のことまで考えた上での最善策だと〟

〝――士郎くん。本当にすごいわ。廉太郎も鳶《とんび》が鷹を生んだかしらってくらい、小さい頃から頭のいい子だったけど。そういう域を超えてる気がするわよね〟

〝それは廉太郎も言っていたよ。鷹崎さんや獅子倉さん。境さんなどの同期入社の面々も、かなり突き抜けてるなと感じるけど、士郎くんには何をしても敵わないんじゃないか。少なくとも彼が今の自分の年になったときには、歴史に名を残す偉人か天上人《てんじょうびと》になってるんじゃないかって思わされるそうだ〟

パパさんとママさんが士郎くんのお話を続けている間に、僕はササミを食べ終えた。

もう一本欲しいな――と思って、ママさんのエプロンを前足でちょいちょいする。

すると、ママさんの手が動いて、エプロンのポケットからもう一本出てきた！

ママさんのエプロンは魔法がかかっているみたいだ!!

僕は「ありがとう！」でササミをもらうと、またモグモグする。

噛み応えもあって、やっぱり美味しい！

〝ただ、彼は頭がいいより何より、行動思考の基本が思いやりに溢れていて、我欲《がよく》は常に後回し。普通、あれだけ頭がよくて、尚且つそれを周りが認めていれば、我《が》が強くなるなり、天狗《てんぐ》になってもおかしくないのに、そうしたところがいっさいない。そういう意味でのほうが神童だって感心していたからね〟

〝そうね――。でも、あんなに素敵なお兄さんと可愛い弟さんたちがいたら、自然と自分のことは後回しになってしまうのかもしれないわね。これを言ったら、士郎くんだけでなく、ご兄弟全員がそうなんでしょうけど〟

〝そうだな〟

〝あ、ところであなた。先日気にしていた、亀山さんたちの裏の空き地？　持ち主はわかったの？〟

〝ああ、それが実は――〟

僕が一生懸命、ササミのおやつをモグモグしている間も、パパさんとママさんは、お話をしていた。

コーヒーを飲んだり、お菓子も摘まんだり、きららの絵を見返したりもしている。

〝え!?　橘《たちばな》建設の持ち物？　それってあのあたりの都市開発をした大手会社よね？〟

〝そうなんだ。なんでも希望ヶ丘新町の販売をしていたときに、仮設事務所があった場所で、建て売りが終わったところで、土地の販売だけする予定が、売り損ねてしまって今に至るようだ。まあ、売ったばかりの土地値の評価額を下げかねないので、そこだけ値引きというわけにもいかなかったのだろう〟

すると、なんだかパパさんが首を傾《かし》げ始めた。

何か困ってるのかな？

僕はササミのおやつを食べ終えたから、もう一度ママさんのエプロンを前足でちょいちょいしてみる。

もう一本出てきて～、パウパウポン！

でも、今度は駄目だった。

ママさんから頭を撫で撫でされて、またね――って合図されちゃった。

残念！

僕はショボンとして、また伏せた。

〝ただ、こうなると、いつ買い手が付いても不思議がない。もちろん、このままの状態でという可能性もあるが。問題は、いざ買い手が付いたときだ。持ち家で起こるご近所トラブルは、とにかく最悪だからな〟

〝そんなことを気にするくらいなら、うちで買ってしまえばいいじゃない。それに土地さえあれば、家でも事務所でも建てられる。その気になれば、ナイトがエリザベスたちと一緒に住めるのよ！〟

――と、ここで僕は耳がピクンとして、顔を上げた。

僕がエリザベスパパたちと一緒に住める⁉

それってそれって、エンジェルちゃんたちみたいになるってこと⁉

期待に尻尾が揺れちゃうよ！

〝うちで？　ああ、なるほど。家を建てるかどうかはひとまず置いて、買ってしまえばリフォーム中のトラック駐車にも気を遣わずにすむし、そう遠くないところに住宅展示場があるんだから、案内看板の設置もできるか。何より、売りに出すにしても、相手はこちらで身元の確かな人を選べる。場合によっては、鷹崎さんにでも兎田家の子供たちにでも、必要になった方に譲れるんだから、損はないしな〟

〝用途はリフォームが終わってから、ゆっくり考えてもいいし。ひとまずフェンスで囲って、ドッグランにしてあげても、絶対にあの子たち喜ぶと思うわ。なんなら、子供たちが秘密基地として共用できるような、大きな犬小屋を作っておくとか〟

パパさんとママさんも、なんだかウキウキし始めた。

〝共用なのに犬小屋なのかい？〟

〝だって、子供たちにって言ったら、遠慮されてしまうじゃない。それならエリザベス一家が伸び伸びと遊べるようにっていうほうが、受け入れてもらいやすいでしょう。あ、場合によっては、生前贈与のひとつとして廉太郎名義にしてしまう手もあるしね〟

〝それもそうだね。なんにしても、こうと決まったら、今から橘建築に連絡して、交渉してみるよ。何か理由があって、空き地にしているようには見えないし――。適正価格でお願いする分には、嫌がられることはないだろうから〟

〝あなた、頑張って！　ほら、ナイトも応援するのよ〟

パパさんが席を立つと、僕はママさんに両手を掴まれて、お座りしながらバイバイするみたいに振った。

そのあとは、ママさんと〝せっせっせーのよいよいよい〟って、遊びをする。

ママさんが両手で交互にお手をするので、僕も前足を交互に出す。

でもどうして、みんな〝お手〟って言うのかな？

これ、僕の前足だよ？

楽しいから、いいか！

〝すごいすごい、ナイト。はいはいはいはい〟

ママさんがどんどんスピードを上げて、高速お手になっていく。

それに合わせて、僕も前足をホイホイホイ――ってする。

そうして遊んでいると、パパさんが走って戻ってきた。

〝今から直接担当者と話ができることになったから、行ってくるよ〟

〝本当。やったわね〟

すぐにおでかけしちゃった。

僕は、大喜びするママさんから、今度は〝喜びの舞～〟って言われて、ソファの上で抱っこされて立っち。そのまま左右に揺らされた。

僕の前足や尻尾がぶらんぶらん揺れる。

〝パウパウ～っ〟

でもこれが、すっごく楽しかったんだ！

僕はしばらく、こうしてママさんと遊んでいた。

＊＊＊

「どうした、ナイト！　大丈夫か？」

急に背中を揺すられて、僕は目が覚めた？

広いベッドで寝ていた僕の隣には、パジャマ姿の鷲塚さん。

僕は嬉しくなって、すぐに身体を起こしてのし掛かる。

鷲塚さんのお胸で鼻を擦って、頬ずりもしちゃうよ。

すると、

「――夢か？　いきなり犬かきみたいなのを始めるから、ビックリしたぞ。けど、実際に見ているかどうかはわからないにしても、夢を見ているっぽい行動はとるらしいからな。それだったのか」

鷲塚さんはそのまま僕を抱っこしてくれて、頭や背中を撫でてくれた。

部屋は薄暗いけど、優しく笑ってくれているのが声でも仕草でもわかるよ。

「わかった！　よしよし。抱っこ抱っこ。本当にナイトは甘ったれだな。いや、甘やかしたのは俺だけど」

僕がお布団の中でも尻尾をブンブン振っていると、鷲塚さんがギュッと抱き締めて、おでこにチュウもしてくれた。

僕はますます嬉しくなって、鷲塚さんのほっぺをペロペロ。

鷲塚さんが、そんな僕をいっそう「よしよし」って撫でてくれる。

そして、僕の身体を少しずらして、腕を枕にしていいよって、寝かしつけてくれた。

僕は鷲塚さんの脇腹にぴったり身体を寄せて、幸せ～。

エリザベスパパやエルマーママにくっついて寝ていたときと、おんなじ安心。

ううん。僕にとってはもう、鷲塚さんが一番だよ！

「適齢期の独身者が家とペットを持ったら婚期を逃すって、わかる気がする。家はともかく、今の自分に恋愛が必要とは思えない」

鷲塚さんが僕に話しかけながら、お布団をかけ直してくれた。

軽い羽布団はふわふわで気持ちいいけど、ちょっとだけ暑いかな。

僕は後ろの片足だけ布団からスッと出す。

「――というか、欲してないのに、どうして仲介役をしたがる奴が湧くかな？　これって、絶対にただのお節介か、仲介する振りをして、自分がその相手と仲良くなりたいだけだろうにな。だいたい、合コンなんてしている閑《ひま》があったら新商品開発の残業をするよ。ナイトの夜散歩があるから、そこまで残業もしないけどさ」

それからも鷲塚さんは、僕の頭や背中を撫で撫で、ポンポンしながら、

「な～。ナイト」

「パウ」

もう一度、ぎゅーしてくれた。

なんだか今夜の鷲塚さんは、いつにも増して優しい。

僕ももっと甘えちゃう！

お顔もジッと見ちゃうよ。

「お前、本当に可愛いな。目鼻立ちも整って、毛並みもよくて。男前なエリザベスと美形なエルマーのいいところ取りだよな。人間だったら、絶対に清楚な美少年だぞ。きっと双

葉くんと士郎くんと樹季くんを足して割った感じじゃないのか？　その上、性格は武蔵くんが近いかな？　それは最強だな」

でも、いっぱいぎゅーしすぎて、ちょっと苦しいかも！

鷲塚さんっ！

「――やばいな。日増しに駄目人間になっている。けど、俺はもう駄目人間で構わない。ナイト〜っ」

でも、でも――。

（わーっ！　好き好き、鷲塚さん！　もっとぎゅーして〜っ。ぎゅーっ）

やっぱり僕は苦しいよりも、鷲塚さんが大好きすぎて、尻尾をブンブンしてしまう。

「さ、寝直そうな。可愛い可愛い」

（鷲塚さん、だ〜い好き）

けど、僕が目を閉じたときだった。

鷲塚さんの頭の上のほうで、スマートフォンっとかっていう四角いのが鳴った。

「――え、今頃」

鷲塚さんは一度僕の頭を腕から外して、身体を捻った。

そのまま手を伸ばして、スマートフォンを手に取る。

これは〝電話〟ってやつだ！

「もしもし。お疲れ様です。――ってか、獅子倉《ししくら》部長。相変わらず、時差丸無視ってどうなんです？　そっちは真っ昼間かもしれないですけど。今、夜中の三時ですよ？」

相手は獅子倉さんだった！

ってことは、これからドライブかな？

獅子倉さんから電話があると、鷲塚さんはいつも車で飛行機のところまでお迎えに行く。それで、いっぱいお土産《みやげ》を持ってきた獅子倉さんを乗せて、きららパパや寧くんたちのお家《うち》へ行くんだ！

僕は早速起き上がろうとした。

でも、鷲塚さんからは「寝てなさい」って背中をポンってされる。

なんだ――違うのか。

〝そう言うなって。普段はこっちが時差丸無視で頑張ってるだろう〟

「俺が頑張れって言っている訳じゃないですよ。自分が勝手に頑張ってるだけじゃないですか。しかも、最近はそっちの支社長たちまで」

〝ははは。そりゃ、そうだろう。最近は士郎くんから直接イベント日程がメールされてくるんだぞ！　これって身内認定されたって証だろう!!　徹夜しようが有休取ろうが、スカイプ参加するって！〟

　鷲塚さんはそのまま上体を起こすと、枕を背に電話を始めた。

　僕は腕枕がなくなっちゃったから、座っている鷲塚さんに身体を寄せる。

　――ちょっと寂しい。

　でも、電話の邪魔はしちゃだめだよって、エリザベスパパが言ってたから、ここはジッとしてないとね！

〝それに、支社長たちのことまで、責任は取れない！　最近、俺が金曜に有休をとったり、日曜出勤を断ったりすると、必ずスカイプパーティーかって確認してくるんだ。それなら自分たちも参加したいって。そのために前倒しで仕事もするぞって――。もう、声をかけてくるのが全員独身者なもんだから、徹夜してでも遊びたい勢《ぜい》だ。その上、兎田家とちびっ子にアットホームな夢を見まくり！　しかも、さっきなんか虎谷《とらや》専務からいきなりメールが届いてビックリしたくらいだ〟

「虎谷専務から？」

　今度は誰？

　あんまり聞かない名前だ。

〝支社長が自分にスカイプパーティー参加を自慢してくるって。さっきも、七生くんの新曲披露《ひろう》があったと言ってきたが、それはカメタンタンとどう違うのか、もしかしたら超えているのか⁉　って、そりゃもう腹筋が崩壊するかと思う内容だった〟

「――虎谷専務。向こうの支社長ともツーカーだったのか。それにしたって、他に問い合わせ先があるだろうに。さすがに寧には聞きづらかったのか？」

でも、鷲塚さんは知ってる人で、それも大事な人なのかな？

一生懸命、獅子倉さんとお話をしてる。

〝兎田や鷹崎は、身近すぎるからだろう。というか、お前が虎谷専務の立場だったとして、七生くんの新曲ってどんなだ？　って聞けるか？　カンザス支社長に自慢されたって愚痴付きだぞ〟

「確かに言えませんね。というか、寧が聞いたら卒倒《そっとう》しますよ。そんな、七生くんのバーローソングの件まで虎谷専務の耳に入ってるなんて知ったら」

七生くんのお名前まで出てきて――楽しそう。

鷲塚さんはすっかり獅子倉さんとのお話に夢中だ。

〝だろう。まあ、俺としては、こうしたことがきっかけで、虎谷専務と話す機会が増えたのは嬉しいけどさ。変な話、東京支社の状況も聞けるし、お前たちの働きっぷりや評判も確認できる〟

「それって――なんか、常に見張られてる気がしますね。少なくとも、〝97企画《きゅうなな》〟の話なら、鷹崎部長からでも境さんからでも聞けるでしょうに」

時々僕の頭を撫でてくれるけど、さっきまでの撫で撫でとはちょっと違う。

それに〝97企画〟って出てきた！

これが出てくると、鷲塚さんはいっつもどっかへいっちゃう！

お出かけとかじゃないけど、お部屋の中にいても、僕の隣にいても、〝97企画〟で頭がいっぱいです！　みたいになっちゃうんだ。

どこの誰だよ、〝97企画〟って！

僕は前足でベッドを掘り掘りしたくなる。

〝そこはほら。目線も情報内容も違うし、そろそろそっちへ帰りたいです～って泣き付くにしても、いい相手だろう〟

「え⁉　獅子倉部長、帰ってくるんですか？」

〝だから、泣き付いてるところだって言っただろう。とはいえ、俺が帰国するには、代わりがいないとどうにもならないし。なかなか難しいよ〟

「――ですよね」

〝あ、そうだ。虎谷専務で思い出した。いつの間にか、兎田さんの末弟の完《ひろし》さんと休みにツーリングする仲になってるの知ってるか!?〟

「は!?　完さんって、あの白バイのお巡りさんですよね？　え？　ツーリング？」

今度は完兄さんだ！

なんだか今夜は、いっぱい名前が出てくるぞ。

でも、完兄さんはみんなで集まったときに、〝警察犬ごっこ〟とかして遊んでくれたから、僕も好きだしな――って思うけど。

やっぱり掘り掘りしたくなる！

僕は伏せの姿だったんだけど、両前足を交互に動かし始めた。

〝なんか、たまたまお互いのバイク仲間を介して、知り合ったみたいだ。すごい偶然があったもんだよな――って、なぜか滅茶苦茶自慢された。向こうは七生くんたちの叔父さんだし、こっちは兎田の上司だしってことで、最初は遠慮がちだったらしいが。そこはお互いのバイク熱で盛り上がって、吹っ飛んだみたいだ。だからこの話は、どちらからも兎田にはいってないと思う。いやもう、意味がわからない偶然だよな〟

掘り掘り。掘り掘り。

鷲塚さん、僕を見てよ～っ！

「ああ……、そういえば虎谷専務。前に完さんが寧を迎えに来たときに、バイク乗りの仲間が欲しいな、紹介してよ、みたいなことを言っていたじゃないですか。それで運が向いたというか、引き寄せたんじゃないですか？」

〝どんな魔法だよ〟

「純粋に、どちらも日頃の行いがいいから、神様が微笑んだだけかと思いますけど。あとはあれですね。都内在住のバイク愛好家ってところで、案外狭い世界なのかもしれないですよ」

〝神様よりは、説得力があるな。世間の狭さのほうが〟

掘り掘り。掘り掘り。

けど、鷲塚さんは全然僕の掘り掘りに気づいてくれない。

獅子倉さんと楽しそうに、ずっと笑ってお話ししてる。

――なんでだよっ！

「パウ！」

僕は思わず声を出してしまった。

鷲塚さんがハッとして僕を見下ろす。

掘り掘りしたところのシーツがぐちゃっとしているのを慌てて隠したけど、もう見られちゃった⁉

僕が隠そうとしたら、鷲塚さんは「ククッ」って、やっぱり笑ってた。

〝――ナイトか？　早く電話切って寝ろってか〟

「すみません。この時間だし、眠いんだと思います」

あ！　そろそろお電話終わりかな？

鷲塚さんが僕の前足をゆっくりどかしながら、ぐちゃってしたシーツを撫で撫でしながら直す。

撫で撫でするなら、僕にしてよ～っ。

〝いや、いいよ。そもそもこんな時間に電話したのは俺のほうだし。切るな〟

「あ、でも。何か用事だったんですよね？　まさか、支社長や虎谷専務の話をするために、かけてきたわけじゃないですよね？」

――ってか、まだお話が続いてるし！

もう、ぷん！　しちゃうよ。

ぷんぷんぷん!!

〝もちろん。そろそろスカイプじゃ我慢ができなくなってきたから帰ろうと思うんだが、士郎くんから送ってもらった五月行事がすごすぎて、どこがいいかな――と。特に運動会絡みで悩んでるから、他に追加情報があればと思ってさ〟

「運動会？　兎田さん情報が欲しいとか、そういうのじゃないんですか」

〟それもあるが、まず、武蔵くんは年長さん。充功くんは中学三年生。どちらも最後の運動会だろう。兎田さんに会いたいのはもちろんあるが、子供の運動会って見たことがないから、興味津々で〟

「あー。それなら、第三者の意見として、充功くんのほうに合わせてもらえたら、カメラマンが補えていいかもしれないですね」

こんなにぷんぷんしてるのに、終わらないお話に、僕はふて腐れて寝ることにした。

鷲塚さんから顔を背けて、「ふんっ」と鼻息を荒くする。

でも、でも、でも～っ。

やっぱりもっと撫で撫でしてほしいから、僕は枕にもたれていた鷲塚さんの腿を枕にすることにした。

もそもそっと身体をずらして、頭を乗せちゃうよ！

そしたら、ふふふ。鷲塚さんがちゃんといい子いい子してくれる。

やった！

〟カメラマン？〟

「ほら。いつもイベントでカメラ回してるのって充功くんでしょう。武蔵くんのほうは、俺たちと充功くんで完璧なカメラワークで撮って送ることができますけど、充功くん本人が出るってなったら、そういうわけにもいかないので」

〝ああ、なるほどな〟

「とはいえ、じかに見るのは、また違うでしょうし。そう考えたら、武蔵くんも見たいですよね？　悩みますね、これは」

〝――本当にな〟

「まあ、週明けにでも、寧からもう少し詳しく聞いてみますよ。多分、運動会が見たくてカンザスから来るらしいって言ったら、驚くでしょうけどね」

〝呆《あき》れるの間違いだろう。まあ、また連絡するからよろしく頼むよ〟

「はい。では、また」

そうして獅子倉さんとのお電話が終わった。

鷲塚さんはスマートフォンを元へ戻すと、そのまま僕を抱っこして、布団へ潜り込む。

わ～い。抱っこ抱っこ～。

「ごめんな～、ナイト。さ、抱っこして寝ような」

「パウ」

さっきよりいっぱいお顔にチューしてくれて、頭やほっぺも撫で撫でしてくれて、目を閉じた。
僕も一緒に寝る。
今度は鷲塚さんの夢が見られるといいな。
前にみんなで行った海のお砂で一緒にかけっこ！
あんな夢がいいな——って思いながら。

3　午前四時の獅子倉・十四時間遅れのカンザスより愛を込めて

〝はい。では、また〟

そんな鷲塚からの締め言葉で、俺、獅子倉は電話を終えた。

スマートフォンの画面を見ると、午後二時近く——日本時刻は明け方の四時前だ。

（すまん！　まったくお前の都合は考えていなかった）

いつの間にか当たり前になった鷲塚との電話を終えると、俺は一人暮らしには広すぎるマンションの中を移動した。

一度も使ったことのない大型のガスオーブンが付いた、それこそこれはこれできらが大喜びしそうな真っ白なL字型のシステムキッチンへ入ると、まずはコーヒーを淹れるためのお湯をドリップケトルで沸かす。

どう考えても、単身者用の作りじゃないのはスカイプパーティーの会場になるってところでわかりそうだが、カンザス州最大の町ウィチタ市内で、気持ち程度の格安家賃の社宅とあって文句は言えない。

支社長曰く、

〝いっそこっちで結婚して、移住しちゃいなよ。日本に帰らなくてもいいよ。あ、別にパートナーの性別は気にしないからさ～。こっちは連邦最高裁が動いているから、法的にも認められている州が増えていくし〟

――だそうだから、ここはカンザス支社に留まらせるための罠が、如実《にょじつ》に表れた住居なのかもしれない。

それ以前に、どうしてこっちで彼女を作らないだけで、勝手に俺をその手と決めつけるんだ！

俺はそっちなんじゃなくて、兎田さん限定だ！

たまたま今慕《した》っている兎田さんが七人の子持ち男性だっただけで、他の男に用はない！

多分、これは鷹崎も兎田も同じだろう。

兎田は、そもそも初恋の相手が、天然に悪知恵を付けて学習した〝秀才タラシ〟な鷹崎だったらしいから、どうしようもないし。

その鷹崎にいたっては、ことある毎《ごと》にひどい目に遭いながら、それでも兎田と会うまで女が切れない系の男だったんだから、やっぱり同性は兎田限定だろう。

境に惚れられたときには、心底から「悪いが無理だ」とこぼしていた。

このあたりは攻める攻めないの問題ではなく、言われて初めて想像してみたら、鳥肌が立ったらしいし。

そもそも目に付く同性に惹かれたこと自体、兎田が初めてだったというんだから、それこそ「犬や猫を見て美形だと思うときに、雄、雌は気にしてない」みたいなことを言い切ったらしい充功くんの友達の言うとおりなんだろう。

一歩進んで恋になるか、更に欲しくなるかは個人差だが、それくらい兎田は魅力的だし、親兄弟も全員そういう括《くく》りに入るのだろう。

なんて罪な一家なんだ！

今更だろうけど、きららの言うことは正しい。

兎田家はそういう意味でも、天界に住む天使たちってことだ。

「それにしても、いいな～鷹崎。俺にまでメールしてきたくらいだから、よっぽど今夜の話は楽しかったんだろうな～。ってか、美形な伴侶《はんりよ》に美形な義父に美形可愛い弟が一気に六人もできるって、羨ましすぎるだろう！　前世でどんな徳を積んだら、こんなことになるんだよ!?」

俺は湯が沸《わ》くのを待つ間、誰が聞くわけでもない愚痴をこぼし始めた。

「そもそも幼少時代に両親を亡くしたことは悲劇だと思うが、それを差し引いても面倒見のいい兄夫婦に可愛い姪っ子。持って生まれた頭脳とルックス。更には、本社のガチもんオラオラ幹部たちをも黙らせる河内弁《かわちべん》がネイティブな上に京訛《きょうなま》りに英語までイケるって、どんだけ持ってる男なんだよ！　英語しかできない俺からしたら、そろそろ殺意が湧くレベルだが。かといって、あいつがいたから、巡りに巡って兎田さん一家と会えたって考えると、邪険《じゃけん》にもできないしな――。くそっ！」

そして、ブツブツ言いつつも、有り余る収納のうちよく使う引き出しから、びっしり詰まったにゃんにゃんエンジェルズとドラゴンソードのおまけ付き菓子に、ドリップパックのコーヒーを取り出した。

これらは帰国時に大人買いしてきたものだ。

ちょっと摘まむには丁度いい量だし、オマケはちびっ子たちに取っておけばいい。

また、にゃんにゃんに関しては、菓子で売り上げ貢献をしたところで、兎田さん自身の懐《ふところ》が豊かになるとは思わないが、売れ行きがよければ今後もパッケージ利用などで版権契約が継続されるだろう。

少なくともアニメが続いているうちは大丈夫だろうが、気は心だ。

こうしたものやら、鷹崎から送ってもらう放送の録画を欠かさずにチェックすることで、いつ帰国しても、ちびっ子たちの話題から漏れることはない。

何よりにゃんにゃん知識では鷹崎に敵わないかもしれないが、ドラゴンソードアニメまで行ったら、俺の楽勝なはずだ。

「鷲塚の奴、もはやナイトの虜《とりこ》だな。でも、まあ気持ちはわかる。ナイトは見た目も性格もテラ可愛い。仮に、亀山家隼坂家との関係がなかったとしても、夢中になるのに時間はかからないだろう。というか、さすがに〝いつの間にか父親がマンションの屋上をドッグランにしていた〟やら〝母親が家中に足を痛めないための絨毯《じゅうたん》を敷き詰めてた〟には笑ったけど」

ここでケトルの湯が沸いた。

俺は個包装を開いて、ドリップパックのコーヒーをマグカップにセット。

そこからは溜め息交じりで、たらたらと湯を注ぐ。

「いいな――、日本。住めば都で、カンザスもすでに第二の故郷と化してはいるが、それでも兎田家はダントツだ。あ、俺の実家どこ行った!?」

なんてぼやいていたのが、聞こえたわけではないだろうが。

リビングテーブルに置きっぱなしだったスマートフォンにメールの着信音。

俺はコーヒーの入ったマグカップと菓子を手に、キッチンから移動した。

リビングテーブルに両手に持っていたものを置くと、送信者名が母だとわかる画面のスマートフォンを手に取った。

そのまま、時にはベッド代わりにもしてしまう三人掛けのソファに腰を下ろす。

「見合いはしないって何度も言ってるのに、なんで懲《こ》りずに釣書《つりがき》や写真を送ってくるかな。最近、二人揃ってよくメールが来るなと思ったら、これだもんな。親の上司の娘と見合いなんて、勘弁しろよ。出世欲が尽きないのはいいが、せっかくここまで個人主義一家を貫いてきたんだから、各々自分一人で、死ぬまでやりきれって」

日本でこの時間にメールを書いて、出したとは思えないが、場合によってはわからない。もしくは予約送信だろうが、開いてみると、内容はここのところ増えてきたものと同じだった。

途端に嫌気が差してくる。

ブツブツ言いつつも、せっかく帰国が楽しみになってきていたのに――。

「これが、年から来る不安から構いたくなっているとか、急に親のまねごとがしたくなって、みたいなものなら、まだ可愛げがある。けど、これまでに送られてきた見合い候補を見る限り、一度も部下の娘とか、近所の奥さんが――なんて、ないもんな~。上司の娘だ、よくしてくれている方の口利きだ、どこぞの会社の社長令嬢だとかって。そんなのばっかりだ」

立て続けにブツブツ言ってみるが、こうしてみると鷹崎への嫉妬なんて、友情や信頼が確立しているからこそ出てくる甘えのようなものだ。

口にしているだけで起こる胸くそ悪さや苛立《いらだ》ちなんて、全くない。

俺は、気持ちを落ち着けようとして、マグカップを手に取った。

冷ます前に一口、二口と飲む。

ようは、こんなことでコーヒーを冷ますのさえ惜しいってレベルの内容ってことだよな。

とてもじゃないが、兎田には見られたくない姿だ。

どうしてか、そう思ってしまう。

「これなら、娘が惚れた相手ならって、鷹崎のところへ乗り込んできた赤坂ポッポの社長のほうがまだ可愛いし、親らしい親だ。さすがに肝心な娘の意中の相手が、七人の子持ちの兎田さんで、それさえ飛び越えて、最終的にはアニメのミカエル様だったと知った日には、それ以上は何も言えなくなったらしいけど」

それでも俺は、マグカップを置くと、代わりにドラゴンソードのカード入りチョコを手に取った。

そのまま開封してカードを見ると、何を暗示しているのか〝倍返しの鏡〟が出た。

これは相手から受けた攻撃をそのまま倍にして返す魔法のアイテムカードだ。

「――ああ、これに限るか」

俺はピンとくると、その場で返信メールを打った。

〝父さんと母さんを見ていて、俺は、人間は仕事に打ち込むだけでも充分幸せだと悟《さと》ったので、見合い話は何度来てもお断りします。仮に自分の出世に有利に働くような相手からの申し出であっても、俺はそういうしがらみ抜きで上へ行きたいし、行くつもりです。ただ、恋愛も結婚も巡り合わせだし、自分が生きる中で、そういう相手と巡り会ったら、そのときに考えます。親の世話や助言は不要ですので、今後は見合い話が来たとしても、すべてそちらで断ってください。よろしくお願いします。ちなみにこの件での電話はいっさい受け付けませんので、あしからず〟

そうして送信したあとは、すぐに親の番号を着信拒否にした。

このままにしておいて、うっかり仕事中に私用電話なんて受けたくないし。

ただ、仕事や職場が最優先なところは、俺もあの人たちも同じだから、あえてこの件で職場の番号にかけてくることはないだろう。

そこまでするときは、親族の危篤《きとく》か訃報《ふほう》の知らせくらいだしな。

「はぁっ」

それにしたって、こんなメールを立て続けに送ってこなければ、程よい距離感の親子でいられたはずなのに――。

どうして今になって、グイグイ来るかな？

「まあ、もともと子供との距離なんて、測る以前に理解してないか」

この距離は俺が〝これでいいか〟と開き直って、納得した距離だ。

それこそ入社して鷹崎と知り合って。

その後に兎田や兎田さんたちとも知り合って。

たまたま俺の両親は、お互いに仕事が一番という価値観を共感し合えたから夫婦になった男女に過ぎない。

二番や三番にパートナーや俺って存在がいたかもしれないが、一番が圧倒的すぎて、他には感心が行き届かないというのを、決して責め合うことがないから、これまで続いてきた仕事人同士だったに過ぎない――って。

「……っ」

俺は、今にも漏れそうなため息を塞ぐように、その後はチョコを囓った。

「倍返しの鏡か――」

ふと、カードを手に一生懸命、俺に内容を説明してくれたときの樹季くんや武蔵くんの笑顔が脳裏に浮かぶ。

〝それでこっちのムニムニはね!〟

〝武蔵、まだ鏡の説明が終わってないよ〟

〝あ、そうだった! ごめん、いっちゃん〟

〝むっちゃ、めーねーっ〟

〝へへへっ。失敗!〟

なんとなく話に参加して、お尻をフリフリしていた七生くんの姿も浮かぶ。

「うわっ、マジで天使だな。——と、返信か」

すると、起きていたのか、母親から「それなら仕方がないわね。了解」という短い文だけが届いた。

「……これは、自分たちと同じ価値観なら仕方がないわねって、意味か? どう見ても、そんなに嫌だったの? 無理強いしてごめんなさいってふうではないよな——。まあ、変に落ち込まれるよりはいいけど。なんか、倍返しを更に倍で返された気がしないでもないが。これが我が家の程よい距離感だからな」

自分がわざと送ったメールの内容で、親を傷つけたかもしれないと凹《へこ》みそうになっていたことが、アホらしくなってくる。

場合によっては、俺の返事に喜んでいるかもしれない姿まで目に浮かんで、一生勝てない気もした。

そもそも勝とうと思っていないが――。

「あ、スミスさんだ」

と、一喜《いっき》一憂《いちゆう》している俺のスマートフォンに、またメールが届いた。

相手はうちと取引のある有機小麦栽培以外にも酪農《らくのう》をしているオーナーだった。

「モー子たちが君を恋しがってるから、暇ができたら顔を見せてくれると嬉しい――か。そしたら、今からでもドライブがてら行ってくるか」

そして俺を恋しがっているという〝モー子〟は、以前起こった竜巻《たつまき》のときに、俺が運転していた車に飛ばされてきた雌牛の子だ。

あのとき激突してきた雌牛は、さすがに残念なことになってしまったが、それが偶然にもスミスさんのところの一頭だった。

そして、その雌牛には当時まだ生まれて間もないモー子がいて、俺は母牛のこともあったから、仕事で寄る度に構っていたら、すっかり懐いてしまった。

しかも、俺が勝手に「モー子、モー子」と呼んでいたら、いつの間にかスミスさんまで「モー子」と呼び出して。

命名だったのか、改名だったのかわからないことになってしまったが、俺はその子の名付けの親にもなっていた。

こうなると、愛着もひと際だ。

鷲塚のことなんて言っていられない。

俺はスミスさんが酪農家だったことに、またモー子が雌の乳牛——ホルスタインの雌《めす》——だったことに、どれほど感謝したかわからない。

そして、そのモー子が先月出産したんだが、またその子牛が可愛い！

偶然仕事で出向いたときに、出産に立ち合ったものだから、もはやメロメロだ。

ここでも俺は気のよいスミスさんから子牛の命名権までもらい、今度はモー美と名付けた。

なんとなくモーモー付けているが、別に俺はアイドルの追っかけはしていない。

単純に牛がモーモー鳴くイメージしかないから、そうしただけだが、二匹目ともなると、さすがに若干後悔をしている。

最初にもっと真面目に考えて、命名すればよかった！　と。

（モー美もそろそろ一ヶ月近いか？）

そうして俺は、特に用もなかったことから、マンションを出て車を走らせた。

アメリカというと、何もかもが馬鹿でかい印象があるが、カンザス州の面積は北海道の半分もない。

ウィチタ市が大きな町だとしても、俺の住むマンションから一時間も走れば、麦畑やら牧場が目に付く。

更に進めば、まるで大草原の小さな家みたいな光景が延々と続くことになる。

ちなみにカンザスよりも北海道のほうが人口密度は高いが、犯罪率はこちらのほうが倍以上だ。

離れてわかる、世界から見た日本の平和さだ。

「モ〜ッ」

スミスさん家の敷地に入り、俺が牛舎近くで車を降りると、放牧されていたモー美が気づいてか、カウベルを鳴らして駆けよってきた。

背後にはモー子もいて、こちらはのんびりだ。

ちなみにモー美が首からかけているカウベルは、俺がプレゼントしたもので、この時点でスミスさんからはけっこう爆笑された。

しかし、こうして懐いてくれるモー美たちはやっぱり可愛いし、特に生まれたときから知っていると情が強くなる。

鷲塚がナイトにメロメロなのがよくわかる。

「モ～ッ」

「わかったわかった。待っててくれたのか、可愛いな～っ」

気がつけば俺のスマートフォンには、モー子とモー美の写真画像が溢れている。

（そういや、この写真って向こうで見せたことがなかったな。飛んできた牛が車にぶつかるような竜巻街道に支社なんて作りやがって！　って愚痴ったまでは覚えてるけど。あれ以来、竜巻の話も、牛の話も出なかったからな。よし！　せっかくだからみんなに送っとこう。ちびっ子たちも喜ぶだろう）

俺は遊んで、構ってをしてくるモー美と一緒に、今日もまた写真を撮った。

さすがにここからまとめて送ったらすごいデータ量になってしまうので、それは帰宅後に回して、この場ではモー美やモー子を愛《め》でていた。

もちろん、スミスさんとのコミュニケーションだって忘れない。

今年の小麦の出来はどうだろうな――などと話ながら、しっかり仕事には結びつけていた。

4　午前八時のエリザベス・兎田家のドリーム&スイートメモリーズ

俺の名前はエリザベス。

キラキラ大家族の隣家で飼われるセントバーナードの♂《オス》で、現在は長男のエイトと共に暮らしている最高にハッピーでラッキーな飼い犬だ。

じじばばは優しいし、兎田家のみんなは愛情いっぱい、夢いっぱいだし。

きららやきららパパ、鷲塚や獅子倉と、ここへ集う人間はみ～んないつも笑顔で、気持ちがいい。

それに愛妻エルマーと三男テンの飼い主さん、隼坂部長や隼坂くんも俺たちのことが大好きで、とにもかくにも滅多に嫌なことはない。

あったとしても、大体無関係な人間から発射された流れ弾みたいなもので、子供たちが大きくなるにつれて育児的な問題はちびちび発生するものの、俺からすればいたって平和だ。

しかし、平和で和気藹々《わきあいあい》だからこそ起こる、ちょっとしたことは日常茶飯事で——。

今朝も起き抜けから、プチイベントがあったワンよ。

＊双葉と充功のサプライズ＊

寝ているところを起こされて、俺とエイトが兎田家へ向かうと、充功の誘導で二階へ上がった。

「あいちゃ」

「「「はーい」」」

「いいか、静かに入れよ」

するとすでに起きていた樹季と武蔵、きららと七生は、充功とニヤッと笑い合って、こそこそそっと双葉の部屋に入っていく。

そしてそのあとから、俺やエイト、エンジェルも「続け」と指示をされた。

（何？）

首を傾げる俺に、エンジェルがこれから起こることをこっそり教えてくれる。

(アウン?)

これぞ週末に誕生会、誕生日と立て続けに迎えた者の喜劇か!?

まだにゃんにゃんアニメが始まる大分前だというのに、双葉は二日続けて、バースデーソングを歌われるようだ。

それも熟睡中に「おはよう!」と起こされるだけでも「なんだ!?」ってなるだろうに、ベッド脇で突然ちびっ子たちからハッピーバースデーを歌い出されるというサプライズ演出らしい。

士郎のときのクラッカーで「おめでとう!」は、ビックリしすぎるから駄目! ってなったから。寧のときには、みんなで布団に潜り込んで、「お誕生日おめでとう」の輪唱囁きだった。

これでもぐっすり寝ていた寧は驚いただろうに、やっぱり充功的にはサプライズ加減が足りなかったのだろう。

それで双葉のときには、ベッドサイドで合唱だ。

そしてこのサプライズだけのために、ちびっ子たちも俺たちも、普段ならまだ寝ているだろう時間から起床だ。

「――え？」

そして、突然バースデーソングで起こされた双葉は、目を覚ますと同時に困惑だ。

歌い出しは寝ぼけていたが、意識がはっきりしてくるにつれて、「何してんの？」みたいな顔つきになっていく。

これをドアに隠れて見ていた充功は、笑いを堪えて、したり顔。

そして、ここでようやく目を覚ましたのか、士郎が子供部屋から出てきた。

はしゃぐ充功に「何してるの？」と声をかける。

「ハッピーバースデー」

「ふっちゃ～」

「ハッピーバースデー」

「とぅーゆー」

「パウ～。パウ～。パウ～」

それでもエイトまでもが一緒になって共鳴したときには、さすがに双葉も「ひっ⁉」ってなって、上体を起こした。

エイトはみんなが楽しそうだから、僕も僕もとなったんだろう。

けど、さすがにこれには駄目だ。まだ早いし、じじばばに怒られる！

俺はエイトの尻尾をペンとして「駄目」をした。

エイトは「へへへ」っと笑っている。

やはりエルマーほどのぶっ飛ばし威力がないと、躾にはならないのだろうか――。

子育てって、難しい。

改めてパパさんや蘭ママを尊敬するワンね。

「双葉くん、おめでとう！」

「ふたちゃん、おめでとー」

「双葉くん、お誕生日おめでとう」

「……あ、ああ」

しかし、その間にも双葉は、改めて「十八歳、おめでとう！」と拍手をされて、七生にはベッドへ上がられた。

「ふっちゃ～！　めっとねー」

そのまま抱き付かれて、ほっぺにぶっちゅーっとされる。

「っ！　七生～っ」

立て続けのことにビックリはしていたが、双葉は嬉しそうだった。

それは七生を抱っこした手が、優しく背中をポンポンしているのを見ればわかる。

「なんだよ。昨日、にゃんにゃんを歌って祝ってくれたばかりなのに。今日もだなんて」

かえって照れくさかったのか、樹季たちに目線を向ける。

「だって、双葉くんのお誕生日は今日でしょう。昨日のは四月のお誕生会。だから、今日は別。特別だからね」

その上、樹季がニッコリ言ったものだから、

「そっか。ありがとう、樹季。武蔵もきららも七生も、みんなありがとうな」

やっぱり嬉しい以外はないみたいで、両手を広げると樹季や武蔵、きららのこともベッドへ上げた。

そして、これはよく寧もやっているが、みんなまとめてぎゅ～っだ。

これにはきららたちも大喜びで、エンジェルまでベッドへ飛び乗り、ぎゅうの中へ身体を潜り込ませていく。

頭から突っ込み、お尻が収まりきっていないのが、可愛いぞ！

これを見たエイトまでもが「僕も～」と、ベッドへ掴まり立ちをする。

「お前は混じらなくていいの？」

すると、充功が双葉たちを指差し、ニヤリと笑って士郎に聞いた。

「それを言うなら充功が混じってくれれば？　間違いなく一番のサプライズになると思うよ」

士郎が眼鏡をクイッとしながら、ここぞとばかりに言い返す。

「あ、そっか」

「え……。本当にするの？」

しかし、今朝の充功は士郎の「ふふん」な仕返しさえも、ものともしなかった。

よっぽど双葉を驚かせたいのか、本当に「双葉～。おめでとーっ」と、わざとらしさ全開で抱き付いていく。

これには双葉どころか、ちびっ子たちもびっくりして、充功に場所を譲るようにパッと双葉から放れた。

「ひーっっっ！　なんだいきなり!!　どうした充功！」

「いやいや、心からおめでとーってことで。いっひひっ」

「嘘つけっ！」

「みっ、みゃ～ん」

おかげで逃げ遅れたエンジェルが二人の間に挟まれる形で、後ろ足をパタパタ、尻尾をフリフリしている。

世にも不思議な光景が展開し始める。

いや、寧が双葉や充功を園児と同じ扱いでぎゅうぎゅう抱っこしているのはよく見てきたんだが……。

充功から双葉をぎゅーしにいくのは、俺でも初めて見た気がして……。

これは一生忘れられない、記憶に残るサプライズワン。

ふと見ると、自分が仕掛けたはずなのに、士郎はガックリと肩を落としていたが――。

「いっちゃん。みっちゃんとふたちゃんも、ぎゅーしたかったんだね」

ただ、これを武蔵は見たままに受け取り、満面の笑みで納得していた。

「そりゃ、双葉くんの最初の弟だもんね！」

「あ、そっか！　そしたら俺が〝いっちゃ～ん〟ってするのと同じだ。ね、七生！」

「ふっひゃっひっ」

樹季は武蔵に同意していたが、なぜか七生は充功の真似をして、変な笑い方をしながら武蔵に抱き付いていた。

「パウ？」

エイトは充功が抱き付きに行ったところで、ベッドを離れて尻餅をついていたから、そのままお座りをして首を傾げている。

「あらあら」

そんな中で、きららだけが充功に抱き付かれてギャーギャーしている双葉を見ながら、

「困ったさんたちね～」って微笑んでいた。

本当にみんなのママみたいだ！

「何？」

「どうしたの、これ？」

「……」

さすがに上下にも響いていたのか、パパさんや寧、きららパパも集まってきたが、みんな意味不明な状態に陥り、この時点で双葉の誕生日おめでとうは吹っ飛んだ。

思いがけず、全員が驚いた（中には呆れた？）結果になったことから、サプライズは大成功⁉

そこからの充功の機嫌は、一日中よかった。


朝からサプライズで俺まで目が覚めた。

そこからもちびっ子たちは、元気いっぱいだった。

今日は、寧もきららパパもお仕事で、朝ご飯を食べたら「行ってきます」と、二人揃ってカッコイイ愛車で出ていった。

じじばばとの同居が始まったら、毎日こんな風になるのかな？

今から楽しみだ。

そして、聞けば夕方前にはパパさんが車できららをマンションへ送っていくらしい。

明日は月曜で、みんな学校だし幼稚園だからワンね。

だが、そうしたお出かけもあるので、パパさんは朝ご飯がすんだら、早速上でお仕事だ。

双葉も今日は隼坂くんと勉強で、夕方にはお友達が「おめでとう」をしてくれるので、ハッピーレストランで晩ご飯。

なので、ちびっ子たちの面倒は充功と士郎と俺が見る。

ただし、充功は充功で、ダンスのレッスンやお勉強もあるので、家で子守がてらでも、やれることはやるようだ。

今のうちに振りを覚えておかないとな、なんて言っていたから、にゃんにゃん舞台の振り付けか⁉

ワクワクしていたら「ソーラン節」とかっていう、魂が揺さぶられるような曲の振り付けだった！

なんでも来月の運動会で踊るらしい。

そういえば、前に双葉が踊っていたのを、ビデオで見た。すっごくカッコよかった！

（ほうほう。あれか。楽しみだワン）

なんにしても、ここのところの充功は大忙しだ。

勉強は士郎がお手伝いをしているが、これこそが「猫の手も借りたい」だろう。

「みゃん」

「なんだ、エンジェル。あ、トイレの砂を替えてほしいのか。お前、俺に訴えてくるとか、賢いな」

「みゃ～ん」

――実際は猫に手を貸していたが。

（うむむ。せめて俺は手をかけないようにしなくては！）

なんて思っても、こればかりはどうしようもないが――。

「あ、きららちゃん。始まるよ」

「わ～い。樹季くんありがとう！」

そんな中で始まる、日曜の朝はにゃんにゃんにゃん。

「にゃん、にゃん、にゃん♪　にゃん、にゃ、にゃにゃん♪」

「にゃん、にゃん、にゃん♪　にゃん、にゃ、にゃにゃん♪」

ちびっ子たちはテレビの前で、いつものように踊り出す。

いつ聞いても「にゃんにゃん」しか言わない歌だが、それだけに俺にもわかりやすい。

今ではエイトやエンジェルも、きららたちのにゃんこポーズダンスに合わせて尻尾をフリフリ、お尻もフリフリ、一緒にダンスを楽しんでいる。

（それにしても、みんなすくすく育ってるワンね。七生なんか二歳になって、あっと言う間に週三日とはいえ保育園通い。ついこの前、初夢の話を聞いたばかりだというのに）

俺は、リビングのテラス窓越しに身体を伏せながら、笑顔と元気が絶えないちびっ子たちを見て、ふっとそんなことを考えた。

お正月のときにみんなから聞いた、そして俺も見た「初夢」のことを思い起こしたんだ。

＊七生と初夢＊

そう、あれはお正月にみんなで行った雪山リゾートから、帰宅した早々のことだ。

〝バウバウ！　バウ！〟

人に比べて、犬の成長は早い。

つい先日まで「パウパウ」吠えて転がっていたエイトたちも、もう成犬。

俺よりまだ一回りは小さいものの、一匹で犬ゾリだってちゃんと引ける。

（育ったな〜。おいおい乗るな。重たいワ……、ん!?）

——なんて夢を、俺が見るぐらいだからだろうか？

兎田家の面々も、初夢なるものを見たらしい。

それもどこまで仲がいいのか、兄弟揃って似たような。

というか、お誕生日を迎えたばかりの七生の夢を見たようで——。

しかし、なぜかみんなバラバラに、そのことを俺に教えてくれたんだ。

「聞いてくれよ、エリザベス〜。七生が大きくなったら、充功より荒くれる夢を見ちゃってさ。寧兄は号泣、父さんはぶち切れ。もう、やばいぐらいの家庭崩壊！　年明け早々なんなんだろうな？　縁起でもない」

いつものごとく庭の境のフェンス越し。

俺が兎田家側に寄りかかっていると、それを見つけた双葉が話しかけてきた。

確かにそれは縁起の悪い夢だワン！

だが、充功より荒くれるって言われても、充功はそこまで荒くれてたか？

世間一般の荒くれがどうだか知らないが、俺は一番充功が荒れて「ひーっ」ってなったのは、双葉の受験のことで喧嘩になって、リビングでドッタンバッタン。

俺まで仲裁《ちゅうさい》かつ巻き込まれたのが一番だぞ!?

あれは双葉も同じくらい荒くれていたが……。

ってか、兄弟の中で一番手を出すのが早いのは、実は双葉だって知ってるぞ？

だから、負けん気の強い充功は、それに対抗して足が出るのが早くなったことも。

かと思えば、今度はその充功が愚痴ってきた。

「いやー、聞いてくれよエリザベス。こんなの誰にも言えねぇよ。目覚めが悪いのなんの、あの七生が超軟派に成長だ！　あの手この手で何人もの熟女から娘を誑《たぶら》かして、貢《みつ》がれまくりのヒモ生活！　これならホストクラブの兄ちゃんのほうがまだ働き者だろうってくらいのチャラ男になっちゃって……。しかも、世界制覇する勢いのイケメンに育ってるから、それでもいいわって女があとを絶たない。もう、悪夢としか――」

よくわからないが、それは寧か颯太郎パパの顔で超ナンパのチャラ男になったみたいに、考えていいのか？

俺は、リビングソファにゴロンとしたまま、とりあえず家族全員に仕事と家事をさせて、何にもしない上げ膳据え膳でテレビをのほほんと見ている颯太郎パパと、寧を想像してみた。

うむむむむっ。

それは悪夢だ、ありえないワン！

俺は思わず、頭を抱えた。

充功は吐き出してすっきりしたのか、「まあ、夢だしな」と言って去って行く。

すると、そんな俺の所へ、今度は士郎だ。

それこそ、士郎！

まさか、お前まで変な夢を⁉　だ。

士郎の顔がいつになくドンヨリとしている。

「――聞いてよ、エリザベス。夢の中で、七生がアインシュタインの知能を超えていた。世界征服を企《たくら》んでいた。まさかと思うけど、エリザベス。そんなことになったら、止められるのはエリザベスしかいないから、頼むよ。なんだか、僕にはまったく手も足も出なかった。知能が高いのはともかく、正夢のような性格にならないように、これから気をつけて見ていかないと……。それにしても、世界征服か――。怖っ」

これは物騒《ぶっそう》な夢だった。

荒くれ男もヒモ男もアウアウだが、世界征服は恐ろしすぎるワン。

しかも、士郎が頭を抱えるくらい頭のいい七生って⁉

The World is mine!

充功の見た世界征服できそうなイケメン七生が、その上頭脳まで士郎超えって考えたら、もっと恐怖だぞ！

だが、確かに七生を見ていると、理解力がすごくて、園児の頃の士郎にも負けてないなって思うときがあり……。

あ！　これってリアルに、やばそうワン!?

けど、七生は優しい。頭もよくて、正義感も強くて、愛嬌《あいきょう》もある。

それに大好きな寧や家族を見て育ってるんだから、絶対にそんな悪いほうへは行かないワン！

きっと七生が世界征服をしたら、それは全世界が天界みたいな争いのない世界になるに決まってる。

俺は信じてるワン！

だが、俺がそうして納得するも、七生の夢はまだ続いた。

今度は樹季だ！　樹季まで!?　だ。

「どうしようエリザベス。七生が大人になったら、女の子になっちゃった。なんか……。きららちゃんと姉妹みたいになっていて、フリフリドレスで〝樹季お兄様～〟って言われる夢を見て……。ええ～っ。でも、これって、妹が増えたって喜ぶべきなの？」

しかし、ここへ来て夢とはいえ、七生が急展開だ。

俺はこれもまた想像してみた。

正月当時はよくわからなくてアウアウした。

だが、今なら〝それって充子《みつこ》さんが七子《ななこ》さんになるだけワン？〟って思うと、まったくありえなくもない出来上がりで、これはこれで参った。

きららと七子。

なんか、そのままアイドルデュエットでデビューできそうな気がするぞ。

ただ、そんなこんなで頭がグルグルしまくっていた俺に救いの手を差し伸べてくれたのは、武蔵だった。

「聞いてよ、エリザベス！　七生が俺のおやつを全部食べた夢を見たんだよ！　アイスもプリンも、ぜ〜んぶだよっ！　ひどいよね！　でも、俺お兄ちゃんだから、許してあげたんだよ。そしたら、七生も〝めんなたい〟って。あ！　そしたら七生、いい子じゃん！　なーんだ！　よかった」

心がジン――――となった。

武蔵。お前、すっごくいい奴だ。

実は一番普通思考で、夢でも一番平和志向だぞ。

俺は、なんだかこれまでの愚痴聞きでくすんだ心が、一気に清められた気になった。が、これもひとときの安らぎで……。

「エリザベス〜っ。変な夢を見ちゃったよ。七生が……。七生が高校を卒業したら、獅子倉部長と結婚するって。心臓が止まるかと思った。――ってか、俺。父さんたちにこんな衝撃を与えたってことだよな!? もう……、もう。あぁぁぁぁっ」

俺にトドメを刺してきたのは、そして自分自身も刺されていたのは、こともあろうか寧だった。

(いや、どうしてそうなるワン!?)

とはいえ、きららパパにはバイバイだった七生が、獅子倉に関しては一発で懐いた上に「しーしー」だ。

あれはきららパパをも、どん底に突き落とす出来事だった。

きららパパが、これに関してだけは、大親友を嫉妬に満ち満ちた目で見ていたのを俺は知っている。

けど、これって七生がどうより、相手がしーしーってことのほうが問題じゃないか?

寧、夢とはいえ、しーしーを犯罪者にしてないか?

まあ、夢に問題も正解もないんだろうし、あのパパラブな獅子倉が、七生にバンジージャンプみたいなことになるとは思えないしな。

……今のところ。

そうして兄たちの夢に出演しまくったらしい七生本人はといえば――。

「えったん！　なっちゃ、ぴっぴたんのぴゅーよ！　ひっちゃも、とっちゃも、ふっちゃも、きっぱも、みーなよっ！」

どうやらアヒルのおまるで空を飛んだらしい。

それも家族全員、きららパパたちも一緒に。

そうか、そうか！

やっぱり七生は可愛いぞ！

（ああ、これを聞いたらきららパパが男泣きしそうワンね）

でも、同じ夢なら楽しいほうがいい。

嬉しくてニコニコな夢なら、尚よかった。

できることなら、これをみんなに伝えたい！

「バウバウ」

「ふっへへへ～っ」

――まあ、ここでは七生にしか伝わらなかったけどな。

それでも、みんながみんな二歳になったばかりの七生の夢を見たということは、七生はやっぱり兎田家のアイドルだ。

今年も平和っちゃ、平和なのかもな！

「エリザベス。聞いてくれる」

なんて安心していたら、最後の最後にパパさんが来た⁉

「バウン？」

俺はもう、ドキドキだ。

すっかり寧が落ちだと思っていたのに、ここへ来てラスボスが夢語りに来たような気がするぞ！

「実は、ね」

しかし、聞けばパパさんだけは、蘭ママの夢を見たようだ。

話してくれた笑顔が幸せそうで、とっても嬉しそうだ。

（パパさんの中には、いつも蘭ママがいるワンね）

そうして俺は、みんなの初夢話を一通り思い出し終えると、ふっと蘭ママの遺影を見た。

いつも凛々しい笑顔で子供たちを見守っている。

そして誰より、パパさんを――。

ただ、こうなると獅子倉には気の毒だが、先は見えた。

だからって、七生にバンジージャンプだけはしないように見張ってないと！　と思ったときだった。

「うっそ！　獅子倉さん!!　今気がついた！　こんなメールが届いてた！」

充功が急にスマートフォン片手に驚いたあと――、笑い出した？

何やら獅子倉から連絡が入っていたようだ。

こんなに充功が驚いて笑うなんて、いったいどんなサプライズが届いたワン？

「ん？　写真画像？」

「何々？　みっちゃん見せて！」

丁度アニメがコマーシャルになっていたのもあり、士郎や樹季が充功の元へ。

当然、これには樹季、七生、きららが続く。

エンジェルとエイトは顔を見合わせて、なんだろうね？　って首を傾げている。

「あ！　牛さんだ」

「しーしー！　もーもーよ」

「本当だ！　獅子倉さん、牛さんと一緒だ！」

どうやらいつも見る、テレビの向こうの生活写真だったらしい。

（牛？）

しかし、俺も充功から「ほら」って見せてもらったが、どうして獅子倉が子牛とラブラブなツーショット写真をいっぱい送ってきたのかは、わからなかった。

だが、その写真の子牛は可愛かったし、獅子倉が大好きなんだろうことは見てわかったし、何より獅子倉もまんざらではない顔をしていたので、俺はちょっとホッとした。

（これなら七生にバンジージャンプすることはないな）

いや！　七生以上に、子牛のほうがバンジージャンプどころか、スカイダイビングレベルか!?　とは、思ったが――。

それでも、可愛い子牛の写真で盛り上がったちびっ子たちは、にゃんにゃんの続きが始まると、再びテレビの前に座って見始めた。

（これのミュージカル舞台に充功が出るのか）

そう思うと、俺のような犬でも、感慨深いものがある。

そもそも充功が最初に舞台に興味を示したとき、劇団見学に行ったときの引率《いんそつ》は俺だったしな！

（ん？　チョコレート？）

――と、ここでアニメの中でキャラクターたちが、チョコレート菓子を食べ始めた。

それを見たきららたちも「おいしそ〜」と眺めているが、エイトと七生は顔を見合わせて、その後に俺のほうを見てくる。

そして、ちょっとだけ気まずそうに、「ふへへ」と一人と一匹が揃って笑う。

（あ……。さては、バレンタインのときのことを思い出してるワンね）

俺は、そんなエイトと七生を見ながら、今年のバレンタインのこと。

そして、俺がエイトぐらいのときの、ほろ苦い出来事も思い起こした。

＊七生とエイト、士郎とエリザベスのバレンタイン＊

あれは二月のことだった。

「えっちゃ、あい」

「パウパウ」

あのとき我が家のリビングでは、七生とエイトが遊んでいた。

自宅周辺を女学生たちに囲まれるという騒動が嘘のようだ。

目の前には穏やかな光景が広がっている。

「えったん、ここ！　ゴロンでポンポンよ！」

「バウン？」

――と、俺にも指名がかかった。

何かと思えば、お医者さんごっこだ。

七生がおもちゃの聴診器を首からかけて、エイトは看護師さん役ってことか、額に十字マークのシールを貼られている。

俺は、七生に言われるまま側まで寄って、ゴロンと横になる。

「ここ、いたーの。ここーの？」

絶対服従のごとく腹を見せると、診察のまねごとをしながら聴診器でポンポン。

これはきららのまねっこだ。

遊びの中に女の子が一人入るだけで、影響は多大だ。

少なくとも、きららが現れるまで俺はおままごとタイプの〝ごっこ遊び〟には付き合ったことがない。

樹季や武蔵ならドラゴンソードのような男児向けアニメの影響で遊ぶし、同じごっこでも、勇者ごっこや仮面なんとかごっこだ。

もっぱら俺は馬やオートバイといった乗り物役で、ちゃんと犬扱いされているのは、このお医者さんごっこが初めてだ。

なんかこれはこれで感動だったワン！

「あい。くっちゅんね。おくつりでちよ。ねんね、ねー」

そうして七生の診断は、風邪ってことらしい。

俺に薬代わりのカリカリを一つ与えると、エイトと一緒にハーフタオルを身体にかけてきた。

ようは、薬を飲んで寝てなさいってことだろう。

――おお！

想像以上に完璧なお医者さんごっこだ！

(七生は名医になるワンね～)

俺は背中までポンポンされたものだから、眠気に誘われる。

続きのリビングではじじとパパさんが将棋をしているし、キッチンにはばばもいる。

「ふぁ～」

このまま寝ても大丈夫だろうと体勢を整えた。

「えいちゃ。あいっ！　いい子。いい子ね」

「パウ！」

すると、七生がズボンのポケットから何やら取り出し、エイトに差し出す。

一緒におままごとができたご褒美か？

俺にはカリカリ一つだったのに、エイトはキラキラした包み紙の中身をもらっている。

キャンディみたいだが、新しいおやつかな？

（――ん？　あっ！）

だが、七生から「はい」されたそれを、エイトが喜んで食べようとしたときだった。

俺はすくっと立ち上がった。

「バウバウ！　バウ!!」

――チョコレートは駄目だ！

吠えると同時に、エイトが口にしないようにはたき倒した。

「ひっ！」

「パウっ!!」

七生を驚かせ、エイトを吹っ飛ばすことになってしまったが、こればかりは仕方がない。

なぜなら、ここで食い意地を出すと、大変なことになる。

それは俺がエイトくらいの頃に経験済みだったからだ！

〝なんだこれ、甘い臭いがして美味しいワン♪〟

そう、俺も今のエイトと同じ頃に、まったく同じことをした。

それも誰かに差し出されたわけではなく、勝手に見つけて食《く》ったんだ。

とっても甘かった！

〝あ！　それは駄目だよ、エリザベス！〟

〝バウン？　バウン！〟

すると、これを見ていた士郎から、強烈にバシバシされることになった。

〝どうしたの？　士郎〟

〝お母さん！　エリザベスがここに置いといたチョコを食べちゃったんだ。カカオには犬が中毒を起こすテオブロミンが含まれているのに！　吐いて、エリザベス。ほら、ぺってして！〟

けど、あとにも先にも士郎が本気で俺の背中をぶっ叩いたのは、あのときだけだ。

しかも、当時は士郎だって武蔵くらいの頃だ。

それなのに真っ青になって、泣きじゃくってのバシバシだった。

〝エリザベス、吐いて！　死んじゃ嫌だよ、エリザベスっ！〟

〝ゲフッ――――っ!!〟

あまりの剣幕に驚いたのもあるが、俺はチョコを吐き出した。

甘くて美味しかったから、まだ飲み込む前だったたんだ。

〝出た！　出たよ、お母さん！〟

〝よかった！　でも、士郎。お医者さんに電話をしたから、一応診《み》てもらおう〟

〝うん。エリザベスっっっ〟

〝くぉ～ん〟

それでも俺は、蘭ママと士郎に獣医さんへ連れて行かれた。

あまりに士郎が心配するから、念には念をと検査に胃洗浄なんてものまでされて、それこそ俺は死ぬかと思った！

〝エリザベス……っ〟

〝くぉん〟

だが、一番苦しかったのはそんなことじゃない。

俺の食い意地のために、士郎をいっぱい泣かせてしまったことだ。

それも「僕がちゃんと片付けなかったから、エリザベスが……」って。

絶対にそんなことないワンにぃぃぃ！

「あーんっっっ!!　えったんがーっっっ」

「パウパウ」

――まあ、そうは言っても、この日は七生とエイトを泣かしてしまったが。

「まあ！　何をしてるの、エリザベス！　七生ちゃん、大丈夫？」

「うおぉぉっ！　お前、まさか噛んだのか、エリザベス！」

当然のことながら、ばばとじじが血相《けっそう》を変えた。

七生はかえって驚き、号泣だ。

こうなるともう、俺にはおとなしく伏せるしか手立てがない。

エイトもこれに以下同文だ。

「あ……。すみません！　多分、これです。七生がエイトにチョコレートをあげようとしたのをエリザベスが止めてくれたんです。そうだろう、七生」

すると、パパさんが落ちていたチョコに気がついた。

一度は、ばばが抱っこした七生を膝に乗せて、チョコを見せながら問いかける。

「なっちゃ！　えっちゃ、いー子いー子よ」

七生はベソベソしながらも「エイトにご褒美《ほうび》を上げただけなのに」と説明。

多分、パパさんの口調から、叱られているのが自分だと気づいて「悪くないよ！」と主張したかったんだろう。

「そうだね。でも、ご褒美なら犬用のにしないと。どんなに美味しくても、犬はチョコレートを食べたら病気になるんだ。そんなのいやだろう」

「――っ!! やーよーっっっ！」

「そしたら、エリザベスに駄目をされたのもわかるよね」

だが、説明を理解すると、七生は驚いたようにパパさんの膝から立ち上がった。

そして、伏せる俺に抱きついて、側に寄ってきたエイトにも小さな手を伸ばして、一生懸命ぎゅーぎゅーしてくれた。

「……めんなたいっ。めんなたいっ」

「バウン」

「パウパウ」

――ああ、七生やエイトに嫌われなくてよかった！

マジでよかった！

「えったん。えっちゃ。すーよー」

七生はしばらくベソベソしていたが、それでも士郎ほどの蒼白ではなかった。

パパさんやじじとばばも俺に謝ってくれて、おやつには大好物のササミを焼いてくれたのだった。

（ああ。あれは本当に反省だった。七生たちに間違ったことをさせないように、また泣かさないようにするためには、まずは俺たちの食い意地をどうにかしないと）

俺はエイトと七生の顔を見合わせると、うんうんと頷いて見せた。

これで通じるところがあったのだろう。

七生は再びテレビを見始め、エイトはエンジェルとじゃれ始めた。

そうして、にゃんにゃんが終わると、今度は男児向けアニメのドラゴンソードだ。

いつも、ちびっ子たちがオマケ目当てで買っているチョコレート菓子の元になっているカードゲームのアニメ版の物語だワン。

「わ！　今日はムニムニがいっぱい出てくるみたいだよ！　いっちゃん」

「うん。いつ見ても、可愛いね。武蔵は特に、ムニムニが好きだもんね」

「きららも、ムニムニ好き～！　可愛いよね」

「なっちゃも～」

ただ、アニメが始まり、やたらとアップで出てくるイモムシタイプのモンスター？

〝ムニムニ〟と呼ばれる円らな瞳の、だがイモムシだ！　みたいなキャラクターに声援を送る武蔵を見ていると、俺はまた一つの出来事を思い出した。

それは、それは――。

＊武蔵のイモちゃん＊

いつだったか、そろそろ日も暮れようかという時間、なんの気なしにエイトと共に庭へ出た。

すると、隣家《りんか》からは相も変わらず元気なちびっ子たちの声がした。

「ちょっちょ！」

「本当だ。チョウチョだ！」

「くぉん？」

俺とエイトは、急いで庭から隣家側へ移動する。

すると、七生と武蔵がウッドデッキに出て、窓を指差していた。

側には樹季や士郎もいる。

「違うよ。武蔵。あれは蛾《が》だよ」

「え!?　蛾？」

「士郎くん。チョウチョと蛾って何が違うの？」

「同じ鱗翅目《りんしもく》の仲間だからこれがこう違うとは断言はしにくいかな……。外国には蛾みたいな蝶もいれば、蝶みたいな蛾もいるし。あ、でも日本だと基本的に蝶は昼間に飛んで、蛾は夜に飛ぶよ。あとは見た目かな？　蛾のほうが地味だ。それと、何かに止まるときに蝶は羽を閉じているけど蛾は開いている」

「ふーん」

「よくわかんないや」

「……だよね」

確かによくわからん話だった。

武蔵や樹季と一緒になってエイトも首を傾げている。

(チョウチョか)

だが、そのとき俺は、蛾を見る武蔵のキラキラとした目を見ていたら、去年の夏のことを思い出したんだ。

隣家の庭に、モサモサとパセリやハーブ類が増えていたときのことを——。

「あ！　イモちゃんだ。ひとちゃん、見て見て。イモちゃんだよ」

武蔵が満面の笑顔で声を上げた。

だが、呼ばれた寧はギョッとしている。

「パ……、パセリが食われてる」

「わ。本当だ。でも、イモちゃんムニムニみたいで可愛いよ！　コロコロしてて、きっとうちのパセリが美味しかったんだね！」

「そ、そうだね」

ニコニコ顔の武蔵に言われたら、寧も笑って返すしかなかったのだろう。

寧やパパ曰く、ハーブやネギ、韮《にら》などは特別に手間をかけなくてもけっこう育つので、兎田家の家庭菜園には欠かせない食材とのことだ。

ただし、じかに土へ蒔《ま》くとテロになりかねないほどの繁殖力があるので、特にパセリはプランター栽培されていた。

それこそ俺が見たときも、モサモサに増えており、まるでプランターが小さな森のようだった。

しかし、それの半分が、すでに茎《くき》だけになっている。

そして、代わりにパセリを食して育ったらしいイモちゃんが三匹。

とはいえ、このままパセリが食い尽くされては、兎田家の食卓的には困るだろう。

「ごめん、武蔵。でも、全滅する前にちょっとだけ刈るよ。水にさして持ちそうにない分は、乾燥保存や冷凍庫かな。これだけ残しておけば、大丈夫だよね？」

夜になったら、こっそり寧が残ったパセリの一部を収穫していた。

それでもちゃんとイモちゃんの食い分を残しているところが、寧だワンね。

「くぉん」

「ありがとう。エリザベス。わかってくれて」

これを黙って見ていた俺にも、寧は笑ってニッコリ。

ただ、事件が起きたのは、それから二日後のことで――。

「イモちゃん♪　あ！　サナギになってる!!　見て見てひとちゃん！　イモちゃんがサナギになったよ！」

「――え!?　早くない？　あ……」

「早くチョウチョになるといいね」

「そうだね」

武蔵は大喜びだったが、寧はどうした!?

顔が真っ青だった。

俺がフェンス越しに寄っていくと、

「どうしよう、エリザベス。武蔵には言えなかったけど、あれはサナギじゃなくて、猛暑で干《ひ》からびちゃったんだよ。俺が食い意地出して刈っちゃったから、日陰がなくなっちゃったのかな？　なんか、本当にどうしよう。ごめんなさい……」

ガックリと肩を落として、しゃがみ込んでいた。

そういえば、ここのところ暑かった。

外へ出ると、俺の鼻もすぐに乾くし、もとが雪山犬なものだから、ぐったりだった。

でも、そうか――。

イモちゃんたちは干からびてしまったのか。

(自然と闘いながら生きているとはいえ、ご愁傷様《しゅうしょうさま》だワン)

その日の夜は、寧の心情を現すように、急な豪雨と強風に見舞われた。

俺もなんだか悲しくなった。

しかも、その結果――。

「あ！　イモちゃんのサナギがいなくなってる！　見てみて、ひとちゃん！　イモちゃんがチョウチョになって飛んでいったみたいだよ！」

翌日、嘘のように晴れ上がった空の下、干からびたイモちゃんたちはパセリの茎から外《はず》れて、遠いどこかへ飛ばされていた。

「ほ、本当！　よかったね、武蔵」

「うん！」

武蔵にとっては、いつまで待っても蝶にならないサナギたちを見続けるよりは、よかったのかもしれない。

だが、寧の心の中は暴風雨が続いていただろう。

これに関しては、俺もだ！

「エリサベス～っ」

「くぉ～ん」

でももう、これは誰のせいでもないだろう。

イモちゃんたちは兎田家の貴重な食材パセリをモリモリ食べて、肥《こ》え太ってから天命《てんめい》を全《まっと》うしたんだ。

短い間だったが、武蔵に夢と笑顔をありがとう！　で、冥福《めいふく》を祈るワン!!

しかし、それから更に一週間が過ぎた頃だ。

「くおん！」

まさかという、奇跡的なことが起こった！

「わ！　武蔵。来て来て！　庭に大きいチョウチョが飛んでるよ！」

「え!?　本当、いっちゃん。あ――、ひとちゃん！　チョウチョになったイモちゃんが帰ってきたよ！　見てみて!!」

そう、兎田家の庭に一匹の蝶が飛んできた。

俺やちびっ子たちの頭上をヒラヒラ舞ったんだ。

「――わ。本当だ。カラスアゲハだ！　七生も見てごらん」

「ちょっちょ！」

「大きいね～。可愛いね～。綺麗だね～」

「うん！　あ、飛んで行っちゃう」

それが、実は無事だった三匹中の一匹なのか、はたまた通りすがりの蝶なのかはわからない。

でも、そんなことは、どうでもいい！

「イモちゃん、また来てね！」

俺たちにとっては、あれが武蔵のイモちゃんなんだ！

武蔵の目をキラキラとさせて、夢と笑顔をくれたチョウチョなんだから――。

（は～。本当に武蔵絡みの思い出は可愛いものが多いな。七五三のときには、千歳飴《ちとせあめ》で充功と侍《さむらい》ごっこをして、それを見つけた樹季からすぐに〝駄目だよ！〟って怒られていたことはあるが――。あれは、挑発した充功が悪かったってことで、ごめんなさいをして。けど、ちゃんと武蔵も一緒に謝って、その後は砕けた千歳飴をみんなで分けて食べていた。樹季は、そんな武蔵を〝偉いね〟って褒めて、充功には〝みっちゃん、めっ！〟ってしていた。みんなあれには大笑い。ただ、いつもなら、こういう役は寧や士郎がやっていたと思うが、いつの間にか樹季もって思うと、俺はただただ感心したもんな）

――なんてことを思い出していると、不意に樹季と目が合った。

俺を見ると、まるで「大丈夫？」「退屈してない？」って聞くように、首を傾げてくる。

（樹季もすっかりお兄ちゃんなんだな～）

俺はこくりと頷きながらも、「よかった」と言うように笑い返してきた樹季を見ていると、しかし、誰もが最初からお兄ちゃんではなかったことを思い出す。

俺もそうだが、樹季だって武蔵が生まれるまでは末っ子だった。

それもあの士郎に溺愛されて育った、「ふぇっ」という泣き声一つでオムツからミルク、寝ぐずりまでを完璧対応された。兎田家の兄弟の中でも最強の末っ子時代を過ごしていたことがあったのだから――。

＊樹季兄ちゃんも大変ワン＊

今でこそ、武蔵くらいまでなら乗せて走れる大型犬な俺だが、エイトのような子犬時代は当然あった。

特に譲渡されてきた当時は、まだ七生どころか武蔵も生まれていなくて、兎田家の末っ子は樹季。

ようは、樹季の弟分第一号が俺ってことだ。

なもので、今からは想像も付かないくらい樹季は俺にべったりで、俺もまた樹季にべったりだった。

それこそ武蔵が生まれるまでは、

「えったん。おとーとだよ。いっとに可愛がろうね！」

「パウパウ！」

みたいな感じだ。

しかし、いざ生まれてみたら、そう上手くはいかなくて……。

「むっちゃん。ないないばーっ！」

「きゃっきゃっ」

「バウバウ。くぉ〜ん」

「――え⁉　えったん？」

なぜなら武蔵が生まれた当時、樹季はまだ幼稚園の年少さんだった。

幼稚園から帰って武蔵の子守を率先して頑張るとなったら、これまでのように俺のことは構えない。

だが、その頃にはもう、俺のほうが成犬だった。

今こそ俺が樹季を手伝うワン！　ってな調子で頑張った。

――が、俺が武蔵をあやすと、なぜか樹季は不機嫌になった。

（どうしてワン？　樹季〜っ）

なので、やっぱり大事な弟は独り占めにしたいのかと思い身を引くと、そんな俺を気遣い士郎が慰めてくれた。

「エリザベス」

「くぉ〜ん」

しかし、それを見た樹季は「どうして！」と更に不機嫌に……。

（え～っ。樹季～っ！）

これはもう「僕のお兄ちゃんも弟もとっちゃ駄目！」ってことかと、俺はしばらく自宅でしょぼくれた。

じじばばが「どうした？」「お隣へ行かないの？」って、心配したほどだ。

それこそ、しばらくは兎田家と反対側に位置する、自宅の庭で呆《ほう》ける日が続き――。

「くぉ～ん」

成犬になったところで、寂しいものは寂しい。

そりゃ、双葉や充功、士郎が毎日お散歩へは連れて行ってくれたけど。

でも俺は、一番身近だった樹季に邪魔にされていると思いこんで、一匹で啼いていた。

「エリザベス」

すると、そんなある日。

まだまだゆっくりしていないと駄目なはずの蘭ママが、俺の所までやってきた。

そして、俺の頭を撫で撫でてすると、

「ごめんね、エリザベス。今だけは樹季を一番に構ってあげてくれる？　樹季、武蔵のことは確かに可愛いけど、やっぱり一番の弟分はエリザベスなのよ。しかも、エリザベスのお兄ちゃんも自分でないと、いやなんだと思うの」

衝撃的な話をしつつ、俺を迎えに来てくれた。

（樹季を一番に？）

言われてみると、俺は樹季のお手伝いを頑張ろうとして、武蔵をいっぱいあやしていた。

俺ももう、樹季と同じお兄ちゃんなんだからって思って、樹季に甘えることもしなくなっていた。

でも、樹季はまだまだ一番に自分を構って欲しいところもあって――。

（そうか！　いいのか!!）

なので、隣へダッシュすると、俺は蘭ママが言うとおりに「樹季～」って、久しぶりに甘えてすり寄ってみた。

それこそ尻尾もブンブン振って、構って、遊んで、ギューもして～って。

「えったん！　えったん!!」

すると、樹季は俺の名前を連呼し、ギュウギュウ抱き締めてきた。

しかも、急にわんわん泣き出してしまう。

「嫌して、ごめんねっ。大好き、えったん！」

（樹季！　樹季！　俺も大好きワン！）

蘭ママの言うとおりだった。

どんなに待ちに待ったお兄ちゃんになっても、樹季はまだまだ甘えたいし、我が儘も言いたかった。

でも、自分はいっぱい士郎からお兄ちゃんしてもらったし、今だってしてもらっている。

樹季は士郎が大好きだからこそ、きっと自分も士郎みたいなお兄ちゃんになりたくて、頑張っていたのだろう。

ただ、だからこそ、俺にはこれまで通りに構って構われてと、同じようにしていたかったのかもしれない。

それなのに、そうした気持ちが上手く言葉で説明できないから、態度に出したら俺が離れてしまったと気がついて――。

「えった～んっ」

「バウ～ン」

本当、お兄ちゃんになるって大変ワン。

それから俺たちは、それまで通りに戻った。

俺は武蔵の面倒を見る樹季のサポートをしつつ、いつしか一緒に武蔵を見てあやすようになった。

そうして、それから七生が生まれたときにも、俺はみんなと一緒に見てあやした。

その頃には武蔵が張り切り、樹季と俺は武蔵のサポートをしながら、七生の子守をしていた。

でも、突然蘭ママが遠くへ逝ってしまってからは、みんなそれどころではなくなってしまった。

だから、今こそ俺が！　と、先陣《せんじん》を切って、七生の側にいた。

パパさんと一緒に、みんなが会社学校、幼稚園へ行っている間は、ずーっとね。


（――蘭ママ）

そんなことまで思い出して、ちょっとしんみりしていると――。

「さ、ドラゴンソードも終わったよ！　みんなで士郎くんと一緒にお掃除しよう！」

樹季が元気よく立ち上がって、テレビを消した。

「はーい！　きらら、掃除機かけられるよ」

「俺もお片付けできる！」

「なっちゃも～っ」

「じゃあ、きららちゃんは掃除機で、武蔵と七生はこの辺に出ているもののお片付け。僕はおトイレ掃除をするから、洗濯機はみっちゃんと士郎くんお願い」

テキパキと役割分担を決めて、武蔵たちだけでなく、充功や士郎にまで指示を出していた。

さすがは、学校の支配者を狙っているだけのことはある。

すでに兎田家の支配者かもしれないが――。

「了解」

「へいへーい」

俺と同じことを思っていたのか、充功と士郎がクスクスしていた。

「あ、エリザベスはエイトとエンジェルちゃんを見ていてね」

「バウン！」

俺は、ちゃんと自分にも分担がされたことに、嬉しくなった。

「パウパウ！」

「みゃんっ」

ただし、七生より子供扱い？　されたと思ったらしい二匹は、不服そうに鳴いていた。

そこは「まあまあ」と俺が宥めて、掃除の邪魔にならないように、庭に出して遊ぶことにした。

樹季のお手伝いをするのは、やっぱり俺だからね！

5　十三時のエンジェル・大冒険ときららの独り言

（あー、おいちかった。エリザベスパパのところへくると、いっつも焼きたてのお魚とか、ササミが出てきて快適よ！　みんなやさちいち、ケージでお留守番もないち、早くお引越ちちたいわ～）

満腹でポンポンになったお腹を出ちて、リビングのソファでゴロン。

世界中のちあわせを一身に感じている、あたちの名前はエンジェルちゃん。

鷹崎家で飼われるまっちろな仔猫。でも、もうそろそろレディかな？

もっと話ち方を勉強ちないとね！

でも、愚痴はこぼちてるけど、きららやパパにとっても可愛がってもらって暮らちているから、超ちあわせよ！

ただ、どうちてもケージのお留守番だけが納得いかないの。

だって、お家の中を自由に動き回れるお留守番って、楽ちいじゃない？

あの日の開放感を知ったら、もうケージのお留守番はつまんない！
だってね――――！

あの日は平日でパパはお仕事、きららは幼稚園。

あたちは、いつものようにケージの中で「いってらっちゃい」をちたわ。

（つまんな～い。ん？）

けど、ふと気がついたの。

（え？　え？　えぇぇ!!）

ふてくされて扉をカリカリちていたら、なんとケージの扉が開いたのよ。

（わーい！　やったー!!）

早速、あたちはケージの外へ冒険に出たわ。いつもはパパやきららに「駄目」って言われて近づけないものをじっくり観察ちるために。

だって、今度エイトたちにも、うちはこうだよって、お話ちたいんだもの！

（よち！　行こう）

それで、最初に向かったのがお風呂場よ。

いつもシャワーでジャーってされる、にっくき敵！

けど、乾いたあとは、艶々《つやつや》で綺麗でいい匂いになるから気持ちはいいのよ、ここが複雑な乙女心。

きららもパパも、このときばかりはあたちにかかりっきりだちね！

そして次は、お家の電話。

ごくたまーに鳴ってるけど、パパが使っているのは見たことがないわ。

最近はきららもキッズ携帯？　とかっていうのを持ってるち、使っているち。そちたら、これって、なんのためにあるのかな？

よく、わかんない。

(あ、なんか外れた。ま、いっか！)

そして次は、禁断のパパのお部屋よ！

たまに寧が来るとお泊まりしているのも、このお部屋。でもって、パパの机の上には士郎や充功、双葉が持ってたのと同じようなパソコンがあるの。

――あれ？　触ったら、起きちゃった⁉

なんか、いきなり画面がぱーって明るくなったわ、すご～い！

(これこれ。ずっと押してみたかったの！　なんかいっぱい、ぽっちがあるのよ。ふふ)

それにパパの部屋には、高いところまで登れる棚やタンスがあるから、ここも一気に攻めるわよ！

ホイホイホ〜イっと！

（あー！　楽ちい〜っ）

でも、エリザベスパパやエイトたちは、こうやって高いところには上れないんでちって。

だから、追いかけっこは、いつも走るだけなの。

これは、みんなと遊ぶためのお約束よ。

でも、調子にのって「えい！」って飛んだら、なんかいっぱい落ちちゃった！

あ、本だ。壊れてないから、まいっか。

（あとは、あそこよ。あそこ〜）

そうちて、あたちはパパの部屋を出ると、リビングへ。

仏壇っていう棚には、いつもいい匂いがするお花が飾られていて、きららのパパとママのお写真もあるの。

でね！　ここにはいつもお水やおやつもあって、もう最高よ〜っ！

きららのパパとママだから、きっとあたちには「いいよ」って言ってくれるはず！

でも、残念。

おやつは果物や袋に入っているものだから、食べられないわ。
ちかたないから、自分のを食べようっと！　ああ、
（いっちょにトイレもすまちたら、またケージから出てお部屋の中をウロウロ！
自由って最高!!　にゃん権万歳だわ）
でも冒険したら疲れたかも。ちょっと寝ちゃお～っと。

「――ただいま。ん？　なんの音だ」

（ん？）

けど、ちょっとのつもりがぐっすり寝ちゃったみたいで、いつの間にかパパたちが帰宅ちた。いっぱい遊んで、ご飯を食べて、居眠りして起きたらパパやきららとまた遊べるって、最高じゃない？

わ～い！

「ただいまエンジェルちゃ……。きゃーっ！　大変、パパ。シャワーが出てる！　受話器も落ちて、仏壇の花も倒れて水浸し。お供《そな》えがぐちゃぐちゃ……泥棒？　え？　どうしてケージから出てるの、エンジェルちゃん！」

なのに、きららはあたちが玄関のほうへお出迎いちたら、悲鳴を上げたの。

それも、あちらこちらを見渡して、きゃーきゃーちて。

「エンジェルっ!! お前、まさか俺のノーパソを踏んだのか!? 俺の仕事資料……、なんてことしてくれるんだ！」

でもって、あたちが「お帰りなさい」をちようとしたら、パパからはすっごく怖い顔で怒られた。

なんで？ どうちて？

エンジェル、ちゃんとお留守番ちてたわよ？

「パパ！ エンジェルちゃんは悪くないでしょう！ きららおトイレだから鍵かけてねって、朝言ったよ！」

あたちがキョトンってちてると、きららが庇ってくれた。

しかも、パパを叱ってくれた。きらら、やさちい！

「……あ。そういえば、今朝仕事の電話が」

「言い訳しないのっ！」

「ごめん。これは俺が悪かった。失敗した」

でも、パパはきららに怒られてショボンってちた。

「もう～、パパったら。きらら、おばあちゃんに電話しようっと」

そちたら、きららが急にエリザベスパパのおばあちゃんにお電話を始めたの。

え？　あたちと遊ぶんじゃないの？

「いや、ちょっと待て。きらら！　それはやめ、……あ」

「もしもし、おばあちゃん。きららよ。あのね、聞いて。パパったらお仕事、お仕事って、ダメダメさんなの。もう、きらら早く、おばあちゃん家《ち》にお引っ越ししたいよ～」

きららがおばあちゃんにお電話を始めたら、パパはその場で崩れ落ちた。

ちかたないから、あたちはパパの肩に駆け上る。パパ、ガンバ！

「エンジェル」

そうちて甘えて、ほっぺとほっぺをスリスリ。猛アタックよ！

(抱っこちて、ちゅーちて、遊んで～)

そちたらパパは、あたちを抱っこちてくれて、目と目を合わせて、やった！

これはパパとちゅーよ！

「きららはああ言うが、今後のことを考えたら、きっちりと、これは駄目だってことを教えるからな。いいか、エンジェル！」

「みゃん？」

違った！

あたちはパパから思いっきり「め！」ってされると、そのまま仏壇へ連れて行かれて、駄目駄目の連発。

次はシャワー、次は電話、そしてパパの机と部屋って、あたちの大冒険を全否定。

みーんな駄目駄目ちたの！　ひどい！

エリザベスパパたちは、自由にお家をウロウロちてるのに。

やっぱりあたちも、早くエリザベスパパたちのところへ行きたいよ。

「みゃん！」

「みゃんじゃない。なんのためのキャットウォークだ。ちゃんとリビングダイニングに遊び場を作ってあるんだから、遊ぶなら専用遊具にしろ！　ものが壊れるのは仕方がないが、怪我でもしたらどうするんだ」

（怪我？）

でも……。パパがあたちを叱るときって、みんなが七生を、そちてエリザベスパパがエイトを叱るのと似てるのよね。

というか、同じ？

（あたちが怪我ちたら大変だから、駄目なの？）

ってことは、やっぱりあたちの大冒険が失敗だったのかな？

パパはあたちをキャットウォークに下ろすと、遊び回ったところをかたちてる。

（ごめんなさい）

だから、あたちも手伝おうとちたんだけど、

「エンジェル。遊ぶなら遊具でと言っただろう。もう、片付け終えるまでここで待機だ」

あたちはパパに抱っこされると、そのままケージの中へ戻された。

（えーっ！　どうちてよ～っ！　ごめんなさいちたのに、パパ出ちてよ～っ）

あれからあたちの平日のお留守番は、またケージの中。

たったの一度もケージの扉は開かないわ。ふんっ。


――なんてことを思い出ちていると、きららの話し声がちてきた。

みんな上へ行ったはずなのに、あたちを呼びに来たのかちら？

「それで、エリザベスのおじちゃんやおばあちゃんも、賛成してくれたの。パパやきららみたいに、ママやパパも蘭ママのところで一緒に暮らしたら、賑やかで嬉しいわねって」

きららが廊下から入ってきた。

一緒に降りてきたのは、誰？

この話し方だと、きららよりは年上そうね。

季樹？　士郎？　充功かな？　それともミカエルパパかちら？

あたちは身体をおこちて、ダイニングの出入り口に目をやった。

「ミカエル様も賛成してくれたのよ。蘭ママは賑やかで楽しいのが大好きだから、きっと喜ぶよって」

あれ？　きらちちか、いない？

でも、きららは満面の笑みではなちてる。それも斜め上を見上げて、

「蘭ママは喜んでる？」

――え？

「ほんと！　よかった!!」

え？　え？　え～っっっ!?

（蘭ママ？）

あたちは思わず仏壇のほうを振り返った。

ここには美人でカッコイイ、寧たちのママの写真がある。

けど、前にエリザベスパパが教えてくれたわ。きららママやパパといっちょで、蘭ママ

はもう、天国に逝ってちまったから、お写真だけなんだよって――。

「きらら、みんなで一緒のお家が夢なの！　夏には叶うのよ。嬉しい！」

（き、きらら。そちたらあにゃたは一体、誰とそうやって、はなちてるのよっっっ‼）

あたちは目をまん丸にちてから、背筋がぶるってちた。

ちゅるとそれに気づいたきららとバッチリ目が合って――。

「あ、エンジェルちゃん。ここにいたんだ。蘭ママの言うとおりね」

（――だから、誰がなんて言ったのよぉ～っ）

あたちは内心で「ひーっ」ってなった。

それなのに、怖い物見たさでもう一度仏壇のほうを見ると、なんだかさっきより蘭ママが笑って見ているような気がちた。

きっとあたちの思い込みか目の錯覚だろうとは思うけど。

（あれ？）

ただ、その笑顔はすっごく優しくて穏やかで。まるで、あたちにも「いい子ね。みんなのことをよろしくね」って、言ってるみたいだった。

きららのパパやママのお写真みたいに――。

6　十七時の寧・颯太郎と蘭、銀座の恋の物語

昨夜、鷹崎部長と双葉と充功、そして士郎を交えた俺たち五人は、思いのほか盛り上がってから就寝をした。

とはいえ、双葉は勉強してから寝るのかな？

充功と士郎はそのまま寝たようだ。

そして俺はといえば、一階の和室で鷹崎部長と布団を並べて横になったのだが——。

「これがきららちゃんの絵にあった生活スタイルなんでしょうか？」

「そうかもな」

なんて話をしながら、眠りに就いた。

どちらからともなく手を繋いでいたのは、俺たちだけの秘密だ。

ただ、急に決まった大阪出張から今日の誕生会と続いていたためか、俺は変な欲情に駆られるよりも先に眠りに落ちた。

明日が日曜出勤というのもあるが、やはりここは単純に疲れが出たのだろう。

そしてそれは鷹崎部長も同じかな？

同じだといいな――。

その気になって、呼びかけたときには、俺が鼾《いびき》をかいていたとかだったら、恥ずかしいからね！

けど、こんな風に爆睡《ばくすい》した俺だったが、この夜は珍しく夢を見た。

〝今からでも遅くないわよ、寧。お金のことなら、母さんの虎の子があるから、心配いらないし〟

それも、久しぶりに母さんの夢だ。

〝大丈夫だよ。今の俺に、他の進路や選択はない〟

夢の中の俺は、まだ高校生のようだった。

話の内容からすると、七生が生まれて、まだ間もない頃――すでに死へのカウントダウンが始まっていたなどとは、夢にも思わなかったときだ。

〝そっか――〟

加害者の脇見運転が原因の事故とはいえ、享年四十四で旅立つのは、あまりに早すぎた。

今の父さんのほうがまだ若いとはいえ、今どきの四十代なんて、まだまだ青春の名残を楽しんでいる人も多いんじゃないかと思うくらいなのに。

〝ところで、お母さんの夢ってどんなだったの？　それはもう叶ったの？　それとも、まだこれから？〟

それでも夢の中の俺は、楽しそうに笑っていた。

母さんと二人きりで話をすることなんて、もの心がついたときから、滅多になかったからかな？

俺がキッチンで片付けをして、母さんにはカウンターで一息ついて、お茶を飲んでもらっていて。リビングに置かれた年季の入ったラタンのゆりかごには七生が寝ていたけど、エリザベスが側で見ていてくれた。

話をしていたのは、俺たちだけだったからね。

〝え？　私？　そうね、私の夢はね――〟

しかし、このとき俺が母さんからの返事を聞くことはなく、またその後もこのときの答えを知ることはなかった。

（……母さん？）

今も、俺は必死に追いかけるようにして手を伸ばしたが、目覚めが近いのか、どんどん視界が明るくなっていった。

　母さんが光の中へ飲み込まれていく。

（母さん——、母さん!!）

　そうして俺の手の届かないところへ、消えてしまった。

　その瞬間、俺は上体を起こしている。

（……母さん）

　両目を開いた俺の視界に入ってきたのは、見慣れた自室。

　隣に敷いた布団には、鷹崎部長が眠っていて、きららちゃんは二階の子供部屋で士郎たちと一緒だ。

　途中で誰かが起きてしまって、寂しくなって、俺たちの布団に潜り込んできたなんてこともない。

（なんだ、夢か）

　それは母さんを見たときからわかっていたと思うのに、俺は湧き起こる残念さから深い溜め息をつく。

（だとしても、答えてほしかったな。でも、俺の夢なだけに、自分の都合のいいように母さんに言わせてしまう可能性だってあるから、わからないほうがいいのかな？　わかりようもないっていうのが、事実だけど――）

母さんを早くに亡くしてしまったことを除けば、おそらく俺は自分が望むように生きてこられたと思う。

小さな頃から弟たちの面倒を見て、家事もしていたから、周りの大人たちの中には俺が子供らしい生活を送れていない、まともに遊びや勉強もできないまま、両親の手伝いに奔走《ほんそう》させられて、なんて可哀想な子なんだろうと、見る人もいた。

実際、学校帰りの俺を捕まえて、直接言って来た人もいたくらいだ。

しかも、中には虐待や洗脳みたいなことを疑う、父さんも真っ青な想像力が有り余っているような大人もいたりして――。

ただ、そういう人たちは、少なからず俺に〝他人の幸福度を自身の物差しでしか見られないから、そういう勘違いをするんだな〟と、身をもって教えてくれた。

俺は双葉が生まれたときから弟という存在が大好きだったし、可愛くて、愛しくて、世話をすることが楽しくて仕方がなかった。

同時に、大好きな両親の手伝いをして、何か一つでもできることが増えていくと、それだけで嬉しかったし、俺自身の自信にも繋がっていった。

けど、子供が多いから長男が犠牲になって遊べない、塾へも行かせてもらえないと見られるのが嫌だったから、俺は弟たちとよく遊んだし、一緒に勉強もした。

さすがに父さんや母さんは、充功が生まれた頃には俺が根っからのブラコンで、弟大好きすぎて、弟の世話を取り上げようものなら、かえって部屋の隅で膝を抱えることを理解していたから、好きなようにさせてくれた。

そしてそれは、いつの間にか周知されるようになり、今では「あれが寧のライフワークだから」くらいの感覚で、当然のこととして見てくれている。

それでも母さんからしたら、俺が何かを我慢するか、犠牲にして就職を選択したのかもしれない——と、心配になったようだ。

だから俺は、逆に〝それなら母さんも何かを我慢し続けてきたのかな？〟と考えた。

心底から家事や育児を楽しんでいた俺がそう見えるなら、母さんだって実は？　って。

それもあったから、あのとき俺は話の流れに乗って、母さんに「夢は？」って聞いた。

母さんの夢ってどんなだったの？

それはもう叶ったの？

それとも、まだこれから？　って。

もしもあのときの母さんに夢があったというなら、それがどんなことなのか知りたかったし、仮にそれがまだ叶っていないなら、叶えられるように俺も協力がしたかった。

あとは、そんなことを考えてる閑や余裕がないまま今日まで来ているというなら、それじゃあこれから何か夢を持とうよとか、希望や目標を決めてみようよって提案してみるつもりだった。

それこそ母親としての夢や希望ではなく、一個人に戻ったときの一人の人間としての夢とか希望とか目標を——って。

父さんは仕事柄もあって、そういうのが具体的でわかりやすかったが、母さんはまるでわからない人だったから。

もっとも、これで「私の夢は、独身時代に銀座で名を馳《は》せたところで、すでに達成済みよ」なんて言われたら、それはそれで納得していたと思うけどね。

「どうかしたのか？」

——と、ここで鷹崎部長が目を覚ました。

俺が起きて座り込むだけならまだしも、立て続けに溜め息をついたせいかな？

まだ薄暗い部屋の中で、こちらを見て眉を顰《しか》めた。

俺はすでに、目が慣れ始めていたから、そんな鷹崎部長の表情までよく見える。

目が合った瞬間にドキンとしてしまうくらい、今朝もカッコイイ。

寝起きの声も普段より少しだけハスキーで、それが艶《つや》っぽくもある。

「あ、いえ……。なんだか、雲を掴みに行って掴めなかった――みたいな夢を見て。それで、目が覚めて」

俺は、とりとめもない説明をしながら、笑って見せた。

「そうか。それは惜しいな。せめて夢でぐらい、掴んでみたいよな」

「本当ですよね」

どちらからともなく笑い合い、そして手が伸びた。

すでに夜が明けていることは、カーテン越しにもわかるが、俺が寝る前にセットしたアラームはまだ鳴っていない。

（キスくらい、いいよね？）

手と手が触れると、俺は鷹崎部長に引き寄せられるようにして、唇を寄せていった。

そういえば、昨夜は〝おやすみのキス〟もしないまま寝落ちしたんだった。

しかし、今にも唇が触れそうなときだ。

「ひーっつっ！　なんだいきなり!!　どうした充功！」

（!?）

突然二階のほうから、双葉？　の声が聞こえてきた。

続けて名指しをされた充功がなんか言い返していたが、そこはよくわからない。

ただ、こんな時間に声を上げたのが双葉というところで、何か危機感を覚えたのだろう。鷹崎部長が慌てて身体を起こした。

「どうしたんだろう」

「――あ！　そうか。今日は双葉の誕生日なんです。もしかして、また充功が何かサプライズを仕掛けたのかもしれない！」

俺もすぐに起き上がる。

そして、二人揃って二階へ行くと、三階の屋根裏からも父さんが降りてきた。

見れば、弟たち全員が双葉の部屋に集まっている。

エンジェルちゃんはともかく、エリザベスとエイトはいつの間にうちへ来たんだろう？

確か昨日、おじいちゃんたちと隣に戻ったはずなのに。

「何？」

「どうしたの、これ？」

「……」

中を見たら、どうしてか寝起きの双葉に充功が抱き付いて「おめでとー」をしており、武蔵たちは「みっちゃんとふたちゃんも、ぎゅーしたかったんだね」みたいなことを言って納得していた。

きららちゃんなんて、「まあまあ」だ。

これには士郎どころかエリザベスまで無言だったが、ちょっと賑やかか？　くらいで、クラッカーほどの騒がしさはない。

その上、普段どころか、もう何年も見た記憶のない充功から双葉へのスキンシップだけに、俺はまあ――これはこれで親愛の情がこもった「おめでとう」なのかな？　と捉えて、よしとした。

一方的に双葉が迷惑そうにしているのも、俺からしたら可愛く見えるだけだったから。

「くっ」

ただ、最初は衝撃的なものでも見るように無言になっていた鷹崎部長だったが、気がつけば肩を振るわせて扉にすり寄っていた。

そして、それを見たらなんだか俺もおかしくなってきて、父さんを巻き込んで一緒に笑ってしまった。

双葉には申し訳なかったけどね。

＊＊＊

昨夜も賑やかなら、今朝も賑やかだった我が家を出て、俺は鷹崎部長の車で出社した。

いったん会社のデスクへ寄るも、今日の予定は最初から最後まで外回り。

終わったところで鷹崎部長に連絡を入れれば、そのまま直帰できることになっている。

（午前中に二社、午後に三社。本当にどこの担当者さんも急なことに対応してくれて、頭が上がらないや。かといって、いきなりどんな交渉をもってこられるかわからないから、そこはしっかり構えておかなきゃな。どこの会社さんに、本郷常務みたいなタイプの方がいるかもわからないし。気を引き締めていこう！）

そして、鷹崎部長は定時までデスクワーク。

きららちゃんとエンジェルちゃんは、父さんが鷹崎部長の帰宅時間に合わせてマンションへ送ってくれるので、安心して仕事ができそうだ。

鷹崎部長自身も「本当に助かる」としみじみ言っていた。

（こうしてお互いに助け合えるって、理想的だよな。一緒に暮らすようになったら、いつもこうして協力し合えるといいな）

そんなことを思いながら、俺は得意先を回っていく。

午前中に新大久保と池袋。

昼食を挟んで、午後に田端《たばた》と日暮里《にっぽり》、最後が銀座なので、ほぼ山手線の内回りに沿って移動できる。

顔出し程度から、今後の商談、相談に至るまで、先方の希望によって一社にかかる時間が違うけど。それでも俺は、夕方五時には、最後の得意先を回り終えるように予定を組んでいた。

今日の夕飯はおじいちゃん、おばあちゃんと一緒に食べることになっているから、充功たちのことは心配ない。

けど、父さんの帰宅が深夜になるって考えたら、俺が早く帰るに越したことはないからね。

（終わった！　思ったよりスムーズで助かった！　早速鷹崎部長にメールを入れて、直帰しよう）

そうして俺は、最後の取引先をあとにした。

五時前には先方を出ることができたので、鷹崎部長にメールを送ると、その足で有楽町へ向かう。

会社に寄るわけではないが、帰りはいつも通り電車通勤。新宿から帰路を辿るのに、JRの駅を目指したからだ。

（銀座か……）

しかし、並木通りまで来ると、俺はふいに足を止めた。

このあたりには母さんが勤めていた店がある。

詳しい場所や店名は聞いたことがないけど、それでもこうして仕事で外回りをするようになれば、いろいろ情報や知識が増えてくる。

銀座の中でも、高級クラブが集まる通りだ。

外から看板を見るくらいしかできない俺だけど、着物で出勤していた母さんの姿を見ていたので、どういった感じの女性が勤めていて、またどういった感じのお客様が出入りするのかくらいは、イメージができる。

俺の周りでいうと、支社長、虎谷専務、本郷常務かな？

それこそ俺の勝手な妄想で申し訳ないけど、本社社長の姉である支社長は、怒らせると元が関西人ということもあり、極道の姐《あね》さんそのもので怖い女性だ。

しかし、普段は落ち着きがあって、会話も達者《たつしゃ》で、聞き上手。その上とても美人で、店のママだと言われても違和感がない雰囲気を持っている。

そこへ秘書課の才女を集めたら、店の一軒くらい開けそうだ。

美貌だけではなく知識や教養もあり、何より守秘義務が徹底されているからだ。

そして、虎谷専務や本郷常務にしても、通いが新宿か銀座かと聞かれたら、銀座のほうが似合う男性だ。

それもあって、ああいった感じの幹部さんだったり、どこかの社長さんたちが、お客様だったりするのかな？　と思っている。

虎谷専務なんか、七生の「カメタンタン♪」を歌っていても、ダンディだしね！

（銀座――。父さんと母さんが出会った街。そして、父さんが交際と同時に結婚を申し込んだ街。とはいえ、何をどうしたら専門学校に入りたての学生だった父さんと、銀座界隈でも名の知れた売れっ子ホステスだった母さんが知り合うんだろう？　考えたことがなかったというより、気にしたことがなかったから聞いたこともないしな。父さんの実家が大反対で、いっときは勘当《かんどう》状態だったことは、前に完兄《ひろし》さんから聞いたけど……）

「寧！」

と、そんなときだった。

俺はいきなり背後から男性に声をかけられて振り返る。

「――杉原《すぎはら》さん」

見れば父さんの仕事仲間で、にゃんにゃん制作チームのマネージャー兼会計担当の杉原さんだった。

とにかく、俺が生まれる前から、父さんがお世話になっている。

しかも、その背後には最近会っていなかっただけで、見知った中年男性がずらりと揃っていて――。

それこそ「ひー、ふー、みー」ではないけど、三十代後半から四十代後半の個性豊かな男性が七人。全員が父さんの仕事と趣味の仲間であり、にゃんにゃんアニメの制作に拘わるメンバーだ。

「おっ！　久しぶり」

まずは関東テレビの番組プロデューサーの飯島《いいじま》さん。

けっこう前に、ハッピーレストランのＣＭがきっかけで、大家族の番組を撮りたいと言ってきた失礼なディレクターがいたけど、それより上にいる人だ。

担当しているジャンルが違うとはいえ、あとから勝手に動いていたことを知って、大激怒。父さんにもそうとう謝ってくれたらしい。

まったくの担当外なのに――。

「一瞬、颯太郎かと思った！」

「相変わらずのピーナッツだな」

にゃんにゃんのキャラクターデザイナー兼イラストレーターの加納《かのう》さんと、コミカライズを担当している漫画家の加納さん。

なんとここは、双子の兄弟だ。

ただし、二卵性とあって、俺と父さんほどは似ていない。

いや、そもそも俺たちは親子だけど――。

なんにしても、父さんと同じ専門学校に通っていた同級生さんだ。

「どうしてみなさん……。あ、そうか。今夜は会食だかなんだかで、父さんとも合流することになってましたもんね」

いきなりの登場に驚いたが、相手からすれば、俺のほうが降って湧いた感じだろう。

父さんがどこで合流予定だったのかはわからないが、その前に俺にばったり会ったわけだから。

「そうそう。せっかくだから颯太郎待ちの間、例の舞台の話でもしようかってなって、早めに集まったんだよ」

そう言って、俺の話を肯定したのが作曲家兼音楽プロデューサーの大内《おおうち》さん。

にゃんにゃんのオープニングから始まり、今回のミュージカル用の新曲も担当。

充功の七音域音痴が発覚したときも、「いざとなったら俺が曲のほうをどうにかする！」まで言ってくれた方だ。

「スキャンダルはどうでもいいけど、我らの充功が出るわけだしさ」

また、この中では一番若い方かな？

にゃんにゃんの衣装デザインを手がけてくれている服飾デザイナー、早乙女《さおとめ》さん。

定期的に俺たちに外出着をプレゼントしてくれたりする、実は老舗《しにせ》ブランド〝SOCIAL《ソーシャル》〟で、フォーマルからカジュアルシリーズも手がける、経営一族の御曹司さんだ。

ちなみに彼にも二卵性の双子の兄がいるが、やはり似ていない。

だから、加納さんたち同様、俺たちを見る度に「どうしたらここまで瓜二つ、いや瓜八つになるんだ？」って、なるらしい。

「――ってか、もう仕事は終わったのか？　ないなら、軽く飯《めし》かお茶でもどうだ？　今夜は充功たちがちびっ子を見てくれるんだろう？　颯太郎からは、そう聞いてるし。俺たちがご馳走《ちそう》するからさ」

最後にアニメ制作進行プロデューサーの進藤《しんどう》さん。

父さんが考えた物語を、どうやって最高の形に作り上げるかって、最初に奔走した人だ。

仲間に声をかけてチームを作った人で、この中では一番の年長者でもある。

もちろん、にゃんにゃん絡みの主要関係者は他にももっといるけど、父さんの独身時代からの仲間ってなると、この七人だ。

人によってはフリーだったり、会社勤めだったりとバラバラだけど、今の父さんとにゃんにゃんのヒットがあるのは、このお仲間さんたちの協力あってこそ。

というか、元々親しくなければ、制作予算的にこんなにすごい人たちは集まらない。採算度外視《どがいし》で参加してくれているからこそ――って、ことみたいだしね。

「はい。ありがとうございます。もし、ご迷惑でなければ、ご一緒させてください」

俺は、彼らに会うのは久しぶりだったし、断る理由もないので快《こころよ》く誘いを受けた。

そして、彼らが今から行く予定だったお店へ一緒に付いて行った。

＊　＊　＊

俺が連れて行ってもらったのは、ＪＲ駅からは少し離れることになるが、ホテル・マンデリン東京に入っている会席料理・壱膳の個室だった。

(うわっ……。なんだか、ドキドキしてきた)

杉原さんたちが密談もできる場所として選んでいるので、多少敷居《しきい》の高いところでも不思議はない。

ただ、この高級なシティホテル自体が鷹崎部長が初めて食事に誘ってくれた場所であり、初めて俺たちが結ばれた部屋があるところってことで、俺は自然と緊張してしまう。

でも、そんな俺個人の事情なんて知るわけもない杉原さんたちは、「気を楽にして」とか、「せっかくだから早めの夕飯を食べなよ」とか「荷物になるだろうから、弟たちへのお土産は颯太郎に持たせるからさ」とかって、滅茶苦茶気を遣ってくれた。

申し分けない限りだ。

それでも、ちょっとした軽食や飲み物が座敷のテーブルに並ぶと、みんな一息ついたように話し始めた。

俺の前には、かなりお高そうな〝本日のオススメ御膳〟なるものが置かれる。

お膳とはいえ、旬の魚のお造りにブランド和牛の焼物をメインにしたフルコースの圧縮版だ。前菜盛りなんて、正月のお節《せち》かと思うような彩りと種類で、目にも贅沢で美味しい。

がっつりとした食事は俺だけだったので「コースを頼んであげるよ」って言われたけど、それより俺はゆっくり話がしたかったので、こちらにしてもらった。

コースだとどうしても、仲居《なかい》さんの出入りが頻繁になるからね。

「それにしても、寧を見ているとタイムスリップしたみたいだよな」

ひとまずノンアルコールで乾杯すると、進藤さんが口火《くちび》を切った。

「本当。当時の颯太郎と話しているみたいだ」

「懐かしいよな――。なんか、晴海《はるみ》に通っていた時代を思い出す」

「そしたら、幕張《まくはり》から晴海へ戻ってきた頃か？」

早乙女さんや加納さんたちが、早速俺の顔を見ながら頷き合う。

しかし、この時点で俺には意味不明な内容が！

「幕張から晴海へ戻る？」

「あ、ごめんごめん。大型同人誌イベントのことだよ。俺たち、個々に繋がりがあったり、誰かを介して知り合ったりしているけど、総じて全員イベンターでオタク出身だから」

「晴海は晴海見本市会場のことで、今は東京ビッグサイトで開催してるよ」

すぐに加納さんたちが説明してくれた。

ようは、昔父さんも参加していた国内屈指の大型同人誌イベントのことのようだ。

会場のことはよくわからないけど、父さんたちも、昔は自分たちで作った同人誌を持って参加していたって聞いたことがある。

それが数年前にも、こっそり出たとか、出ないとか？

母さん曰く「これが颯太郎の仕事の原点だし、今もって青春を謳歌《おうか》している仲間との大事な場だから」ってことらしい。

ちょっと羨ましいな――って思った記憶がある。

「ある意味、それ故《ゆえ》の結束の固さでもあるけどな。共通の趣味から始まってるから、年齢や職種が違っても話が合うし、途切れることがない」

「まあ、今となっては兎田家という、揺るぎない共通の追っかけ貢《みつ》ぎ対象がドンと存在しているから、イベントからは少し遠ざかったけどな。颯太郎には悪いが、俺たちにとっては〝子は鎹《かすがい》〟ならぬ〝兎田家は鎹〟だ」

今度は飯塚さんと進藤さんが、ノンアルコールビールを片手に、頷き合う。

「にゃんにゃんではなく？　うちがみなさんの鎹なんですか？」

俺は食事をいただきながら、気になったところで質問をする形で会話に参加する。

「順番から言うと、そうなるな。何せ、知り合って間もない頃に、あれよあれよという間に颯太郎が蘭さんと結婚しちゃったからな。未だ独身な俺たちからしたら、ただただ驚愕の嵐よ。その上にすぐに寧がポンと出てきたわけだし」

――と、ここで進藤さんが、思いがけないことを口にした。

「え？　ってことは、もしかしてみなさんは、父さんと母さんの馴《な》れそめとかって、知ってるんですか？　何をきっかけに出会ったとか」

俺は、半信半疑だったが、聞いてみた。

本当なら、父さんに直接聞けばいいのかもしれないが、家に帰るまで待てなかった。

さっき気になったのもあり、特に本人が隠すようなことでもなければ、教えてもらえるかな？　と、期待したのもある。

「え？　逆に聞くけど、知らないの？」

「自分の両親のことなのに？」

けど、ここは俺のほうが驚かれた。

早乙女さんと大内さんが、心なしか両目を見開く。

――当然か！

「はい。父さんが出会い頭《がしら》に一目惚れをして、母さんに猛烈アタックしたってことは知ってます。交際してくださいでもなく、いきなり結婚してくださいから入ったこととかは。でも、出会い自体は聞いたことがなくて。そもそも、どうしたら専門学校の生徒と銀座のホステスが知り合えるんだろうって、不思議に思ったのが最近で。そしたら、駅でぶつかったとか、ハンカチを落としましたよ――とかってパターンなのかな？　くらいしか、俺には思いつかなかったので」

俺は、この場の思い付きであっても、陳腐《ちんぷ》な想像しかできないな――と、恥ずかしくなってきたが、正直にうち明ける。

「ああ、そっか。けど、これって俺たちが話してもいいのか？」

「別に、隠すことでもないだろう。颯太郎が一目惚れして、蘭さんにプロポーズしたことは知ってるわけだし」

進藤さんと飯塚さんが今一度顔を見合わせる。

それに習って、杉原さんたちも「どうなんだ？」「だよな」みたいに目配せをする。

「あの――。そもそも、どうして二人が出会ったところが、銀座なんですか？　それってやっぱり、駅のホームで、とかってことですか？」

俺は、好奇心が抑えきれず、質問を続けた。

こうなったら、この際聞けるだけ聞いてしまおうという気持ちになってきた。

完兄さんから聞いたときも、後悔はなかった。

むしろ、父さんたちのことが少しでも知れてよかった！　という、思いしか起こらなかったからだ。

「いや、晴海のイベント帰りに、ちょっと贅沢な飯でも食って行こうかってなったから、銀座」

「早乙女ん家のＳＯＣＩＡＬ本店も近いし、いい店を知ってるって言うから、そのノリで銀座」

加納さんたちが、銀座に特別な意味があったわけでもなかったことに、なんだか申し訳なさそうにして、教えてくれた。

「しかも、店に行く途中で颯太郎がうっかりチンピラ三人のうちの一人と肩をぶつけて。お約束のように、俺たち全員が絡まれて……。そこへ、助けに入ってくれたのが、たまたま側を通った蘭さんで。なんか、お店の用事で、買い出しの途中だったのかな？　だから、出会いは普段着だったし、普通に綺麗なお姉さんとしか思わなかったんだけどね」

ある意味、いい店という目的地を作ってしまったからか、早乙女さんは更に「申し訳ない」って感じで説明してくれた。

けど、俺は言われるがままに想像をして、「え!?」って声が漏れる。

「そうしたら、ちょっと怖そうな人たちに絡まれた父さんを、母さんが助けたことがきっかけってことですか？」

本人たちを知っている分、嘘だとは思わないし、違和感はない。

ただ、俺がごく自然に想像してたようなシチュエーションは完全に崩壊した。

両親に夢を見すぎだと言われたら、そうかもしれないが――。

母さんが、本当に逞しすぎるよ！

「正しく言うと、絡まれた俺たちが、お母さん一人にまとめて助けられた――かな」

ここで早乙女さんがトドメを刺してくる。

いかにもな怖い人たちから、男八人を背にして立つ母さんって、どうなのよ⁉

まあ、我が家で想像しても、大差ないし。

むしろ母さんだったら、「ママ友社会でどうこうするより、全然楽よ！」とか言いそうだけどさ。

「うん。あれはマジで助かった。間違いなく颯太郎以外は全員ビビっていたし」

すると、ここで杉原さんが、俺に希望の光を注いでくれた。

「父さんは、ビビらなかったんですか？」

俺は一度箸を置いて、身を乗り出す。

天ぷらが美味しいとか思っている場合じゃない。

「そもそも兎田家って公務員家系だろう。それこそ一族が集まったら、現行犯逮捕から裁判ごっこまでできるような職種の親戚がゴロゴロしてるような。だから、正義感も強いし、なんだかんだでビビりではない。そこは、見た目に寄らない典型かな」

うんうん、そうか！

そう言われたら、確かにそうだ。加納兄さんの言うとおりだ。

「しかも、俺たちの前に〝やめなさいよ。子供をいじめるのは〟って、立ちはだかってくれたのが蘭さんだったもんだから。チンピラの絡む矛先《ほこさき》が、蘭さんに向かって、余計に奮起《ふんき》したわけよ」

そして、そこから更に加納弟さんが、詳しく説明してくれて――。

〝このアマ。俺たち、龍神会《りゅうじんかい》のもんだぞ。なめんなよ！〟

いっそう荒ぶったチンピラたちは、所属している組の名前まで出して、母さんを脅《おど》かした。胸ぐらに手を伸ばした。

〝やめろ！　彼女には関係ないだろう〟

〝いいから、引っ込んでなさい。坊や〟

〝――!!〟

しかし、それを勇猛果敢に遮《さえぎ》ろうとした父さんは、当の母さんに横へ押し退けられてしまったらしく。言うまでもなく、メンツは丸つぶれだ。

今の父さんなら気にしないかもしれないが、当時の父さんならわからない。

もしかしたら、俺が生まれたから今の大らかな父さんになったのかもしれないし。

〝あんたたち、ここをどこだと思ってるの？　銀座の女を嘗《な》めると痛い目に遭うわよ〟

〝なんだと！〟

けど、母さんはやっぱり母さんだ。

人伝《ひとづて》に話を聞いているというのに、まったく印象がブレない。

昔も今も、俺の知る母さんだ。

〝そこで何してる！〟

しかも、ここから話は更に拡大した。

新たな登場人物が声をかけてきたのだが、それが一目で見てわかるヤバそうな漆黒スーツのオジさんたち数名を従えた、超絶イケメン。

二十歳そこそこの、けどこの中で突き抜けてヤバそうなオーラを放っていたお兄さん――どう見ても「若」とか呼ばれそうな立場っぽい人が、慣れた口調で割って入ってきたからだ。

それなのに、母さんはそのお兄さんを呼び捨てにしたらしい。

〝あら、いいところに来たじゃない。義純《よしずみ》。こいつら、あんたんところのもんだって言うんだけど、いつから龍神会はこんなド素人《しろうと》の子供相手に絡むようになったわけ？　随分落ちたわね〟

一番ヤバそうな、でも超絶イケメンな若と顔見知りだったようだ。

〝――は？　知らねぇよ、こんなやつら。何、うちの組の名を語ってんのかよ〟

〝ヤバい！　逃げろ!!〟

最初のチンピラ三人は、秒で逃げたらしい。

この時点で加納さんたちは、先が読めなくて立ち尽くしている。

〝なんだ。無関係だったの。濡れ衣着せちゃって、ごめんなさいね。お詫《わ》びに今度ご馳走するから〟

だが、まさかここで母さんとお兄さんの話に父さんが割って入るとは誰一人想像しなかったようで……。

〝だっ、駄目です！　それなら俺がご馳走します！〟

加納さんたちは、全員声にならない悲鳴を上げた。

漆黒スーツの男たちに、自分たちで「こいつを黙らせろよ」と言わんばかりに睨まれたのもある。

〝俺たちのために、貴女がその……。この方に借りを作るのは違うと思うので！〟

〝なんだこいつ？〟

当然、お兄さんの視線は、父さんに向けられた。

〝絡まれていた被害者よ〟

〝売れそうな面《つら》だな〟

〝私の前で素人に手出そうって言うの？〟

〝いや、冗談だって。ま、せいぜい絡まれ王子と仲良くな！　間違っても、魔女の毒牙《どくが》にかけるなよ～〟

〝義純っ！〟

父さん！　危《あや》うく売られそうになっているし!!

しかも、日常会話みたいに「売れそう」とか言っちゃうお兄さんに「魔女」呼ばわりされる母さんって、いったいどんなレベルの魔女!?

それでも、加納さんの話はまだ続く。

〝まあ、なんにしても次からは気をつけなさいよ〟

そしてここから父さんの猛アタックが始まる？

〝――待ってください！　名前、その……。改めてお礼がしたいので、名前と連絡先を教えてください〟

〝は!?　お礼なんていいわよ。そんなもの。それより、今後この辺をウロウロするなら、気をつけなさいよ。君みたいな可愛い子、下手したらすぐに誘拐されて、海外へ売られちゃうからね〟

〝君でも可愛い子でもありません！　颯太郎です〟

〝え？〟

〝兎田、颯太郎です〟

こうして俺は、父さんと母さんの馴れそめを知った。

どのあたりで父さんが母さんに一目惚れしたのか、さっぱりわからない。

もしかしたら、出会い頭で〝闇金の取り立てみたいだ〟と称した鷹崎部長に俺が恋しちゃったことを考えると、父さんも似たり寄ったりなのかな？

ということは、結果として〝近づくな危険〟みたいなタイプに弱いのは、父さんからの遺伝子？

だとしても、ここからどうして「結婚してください」になったのか、またそれを言うまでにどれ程の時間を要したのか、現時点ではまったく想像が付かない。

ただ、俺が四月生まれで、父さんが結婚したのが専門学校へ入った年の五月だから、最長で交際？　婚約？　期間を考えても二ヶ月ないだろう。

そして、六月には俺がもう母さんのお腹に宿ったわけだから、俺でもビックリするくらいのスピード婚だ。

これをリアルタイムで報告されたおばあちゃんたちが、大騒ぎになったのも無理はない。

「あれこそが、一目惚れってやつだったんだろうな」

「いや。俺は、自分が年下の駄目男みたいな扱いをされて、まずそこで火が付いたんだと思うぞ。何せ、あそこで偶然声をかけてきた、いかにもヤクザの若君って感じの同世代の兄ちゃんが一人前の男扱いされているのに、自分は可愛い子ちゃん扱いだったから」

そうして杉原さんの言葉を否定し、進藤さんが父さんの恋愛について考察を始める。

「まあ、それで頭に血が上ったとしても、一瞬のことだろう。そこから強引に連絡先を聞き出したり、蘭さんが勤めている店にバイト面接で突撃したり。とにかく俺たちも、颯太郎が何してるのかよくわからないうちに、気がついたら〝結婚する〟って報告されて、全員驚愕だっただろう」

大内さんがここぞとばかりに溜め息を付いた。

「まさに青天《せいてん》の霹靂《へきれき》、現実は小説より奇なりって状況だよな」

「俺なんか、冗談抜きで顎がはずれかけたしな」

早乙女さんや杉原さんも揃って、うんうん――だ。

けど、そんなときだった。

「正直言うなら、俺は納得ができなかったよ。そんなの当人同士がよければいいじゃないかって話だろうけど、両手放しで喜べる相手じゃなかった。銀座勤めのなんたらっていうのを取っ払っても、蘭さんはそもそも俺たちとは人種が違う。絶対にオタクなんて理解できないだろう、ましてや創作者のなんたるかなんて――って、思わせる人だったからさ」

加納兄さんが、ぼそりと言った。

瞬間、俺は背筋がぶるっと震えた。

彼の口調が、目が、これまでには見たこともないほど冷たかったから。

ただ、それはほんの一瞬で――。

「確かに。実際、俺たちと会って、これまでしてきた活動の話をしても、さっぱりわからないわ～って言い切ってたしな」

「けど、それなのに――。蘭さんは俺たちに笑って言ってくれた」

加納弟さんが笑いかけると、お兄さんも困ったような顔で言葉を続けた。

〝これからも颯太郎をよろしくね。たとえ結婚しても、子供ができても、私には颯太郎が生み出す世界に対しては、ただの傍観者《ぼうかんしゃ》よ。颯太郎がどんなに産みの苦しみを味わい、喘《あえ》いでいても、何ひとつしてあげられない。作家である兎田颯太郎を支えて、助けてあげられるのは、そして最大に生かせるのはあなたたち仲間だけだから〟

――母さんがそんなことを言ったの？　本当に？

そんな言葉を、俺に聞かせてくれた。

「俺たちから決して、颯太郎という存在を取り上げるようなことはしなかったし、むしろこれからもずっと一緒にいてあげてね――って、頭を下げてくれたんだ」

そうして加納兄さんが、俺に向かって微笑む。

それに倣《なら》うようにして、弟さんも。

「なんか、懐《ふところ》の深さが違うっていうか。颯太郎は何一つなくすことなく、蘭さんを手に入れたんだなって思った。そりゃ、しばらくは親兄弟と絶縁していたこともあったけど。それだって、結局は蘭さんが寧をきっかけに、取り戻してくれたしさ」

「すごい人だよ。寧のお母さんは」

「俺たちが堂々と〝兎田家が鎹〟なんて口にできるのだって、結局は蘭さんが俺たちを、俺たちみたいな人間を気持ちよく、それどころか、颯太郎の大事な者たちとして受け入れてくれたからだしな」

「うん」

「本当にな」

進藤さんも、杉原さんも、早乙女さんも、大内さんも。

「それなのに……」

ただ、こうして父さんのお仲間さんと母さんの間にも、掛け替えのない交流があったからこそ、飯島さんが急に声を詰まらせた。

急に下を向いて、もうこの世界に母さんがいないことを実感する。

それが引き金となり、この場の誰もが俯き、今にも溢れ落ちそうな涙を堪え、またはそっと拭《ぬぐ》う。

（母さん）

でも、それでも――。

俺は、また一つ母さんや父さんのことが知れて嬉しかったし、目頭が熱くなってきても、これは喜びのせいだった。

彼らは父さんの仲間で友達だけど、これまで以上に俺たち兄弟とも絆が深まった気がして、嬉しかったからだ。

俺は、気持ちを切り替えるように、冷たいほうじ茶が注がれたグラスを手に取った。

「おっと。つい懐かしくて、けっこう話をしちゃったけど。よかったのかな？」

「颯太郎にバレたら殴《なぐ》られるに一万点って感じ？」

そんな俺の気持ちを汲《く》み取ってくれたのか、進藤さんと飯島さんが茶化すように言ってきた。

「でもまあ、寧ももう大人だしな」

「そうそう。すでに婚約してるんだもんな。職場の上司と」

しかも、それはいったい⁉　ってことを、加納さんたちが口にした。

「っ！」

俺はいきなりニヤリと笑われ、ほうじ茶を吹きそうになった。

慌ててグラスを置いて、おしぼりを手に取る。

「あ、もしかしたら、一番バラしちゃいけないのって、これだったか？」

「いやいや。俺たち全員揃って、寧たちの第二の父だぞ」

「生まれる前から両親の恋を見守ってきたのに、第一子の初恋、婚約を知らないはずがないだろう」

呆気《あっけ》にとられる俺を余所に、飯島さんや大内さん、早乙女さんまでもがニヤニヤし始める。

「そもそも、何かにつけて颯太郎の相談相手は、今もって俺たちだしな」

けど、改めてそう言った杉原さんは、どこか誇らしげだった。

俺はまだ二十一年しか生きていないから、それほど続く男同士の友情だとか、絆がどんなものなのかは、わからない。

ただ、躊躇《ためら》うことなく「いいな」と感じ、思わせてくれるものだった。

それほど父さんの仲間は、友人たちは、優しくて温かくて思いやりに溢れている。

「だいたい、何か怪《あや》しいな～、何かあったのか～って思っていた頃に、いきなりサタンとウリエルの設定を変えてきたからな。俺たちも、一度は〝う～ん〟ってなったけどさ」

でも、さすがにここからは、愚痴も混じるかな？

進藤さんが、父さんが俺や鷹崎部長に気を遣ったのか、突然にゃんにゃんの設定を変えたというか、軌道をずらしたことに触れた。

ようはファンの間で、サタン×ミカエルのカップル人気みたいなものがあまりに強くて、父さんがそこをサタン×ウリエルに誘導するように、予定していた先の話を変更をしたんだ。

父さんからしたら、人生初めての公私混同だったのかもしれない。

ただ、これはこれで「マンネリ防止」やら「今後にいい刺激になるかもしれない」ってことで、制作的にはすんなりと受け入れられたらしい。

けど、それはそれでこれはこれだ。

いきなりそんなことをした父さんが、付き合いの長い進藤さんたちに、何も疑われないはずがない。

「いや〜。もちろん、驚いたよ。最初は職場の上司って聞いたから、あーあー。寧も颯太郎と一緒で、姉さん女房を選ぶのかって思ったら、例の白猫ちゃんコスプレのパパのサタン様だからな！」

「幼妻《おさなづま》コースかよって。ここでも俺は、顎が外れかけたしな」

飯島さんや杉浦さんが言うように、それまでは相手を濁《にご》して相談していたのが、あのシナリオをきっかけに、本当のことがバレたのだろう。

（父さんってば）

ただ、それでも――。

「けど、あの弟たちが、特に七生が認めたって聞いたら、誰も反対なんかできないだろう。そもそもする気もないけどさ」

早乙女さんがクスクス笑いながら、やっぱりそこが基準なの？　って話をしてくれた。

「寧の人を見る目は、颯太郎と蘭さん譲りだろうし。何より、本当にこいつは駄目だと思ったら、颯太郎はどんなことをしても阻止《そし》する男だ」

「うん。それをしないってことは、充分な人格者なんだろうから、あとはもう、結婚するならお幸せに！　ってだけだよ」

加納さんたちは、そこに父さんたちや俺自身の見る目も含めてくれて。

俺の恋を、俺と鷹崎部長との結婚を、後押ししてくれる。

「――なあ、寧。俺たちはみんな寧の味方だから」

「これから寧を介して、今以上に兎田家が大家族になっても、丸ごと俺たちにとっては鎹だから」

「蘭さんから直々《じきじき》に認めてもらった颯太郎の仲間であり、寧たちにとっては親戚のおじさんたちだからさ」

「いつでも頼れよ」

大内さんが、飯島さんが、杉原さんが、進藤さんが――。

「はい。ありがとうございます。これからも、末永くよろしくお願いします」

俺は、その場で改めて頭を下げると、心からお礼を言った。

かけてもらった言葉に、気持ちに、遠慮なく甘えさせてもらった。

「家族が増えても、みんな大きくなっても、ずっと。ずっと、父さん共々――」

そうして次に会うときには、鷹崎部長やきららちゃんを紹介することを約束して、俺はいただいたご馳走をすっかり食べ終えて、店をあとにした。

鷹崎部長のところから移動してきた父さんとは行き違いになってしまったが、思いがけないご馳走をしてもらったので――と、父さんにはメールを打った。

＊＊＊

電車がＪＲ有楽町を出たのは、七時半近くだろうか？

そこから一時間半後には、家へ着いた。

「ただいま〜」

「あ、寧兄さん。お帰りなさい」

俺が帰宅したときには、明日は月曜だしってことで、樹季と武蔵と七生はすでに二階で寝かしつけられていた。

充功はお風呂で、そのため俺を出迎えてくれたのは、士郎一人。

いや、一緒にお留守番をしてくれていたらしい、エイトもいた。

「双葉はまだ帰ってないの？」

「さっき電話があったよ。なんか、今朝から隼坂さんのお父さんが出張でいないんだって」

「隼坂部長が？」

「それで、だったらお泊まり会？　しようかみたいになって。隼坂くんがエルマーたちを連れてこっちへ来るか、双葉兄さんが向こうにそのままいるかって話になったみたいで。結局、双葉兄さんが泊まるほうが、手間がかからないってことになったみたい」

ここで俺は、双葉の予定が大きく変わったことを聞かされた。

今日は双葉の誕生日。

やはり、記念すべき一日だし、隼坂くんと二人きりで過ごすのもいいな――と思ったのだろうか？

まあ、エルマーとテンは一緒だが。

「明日の朝早くに帰って、学校へ行くからって言ってた」

「そう。そしたら、今夜は帰って来ないのか」

士郎にはそう言って「今日はありがとう」なんて話も続けたが、とはいえ、俺の心臓は次第にドキドキしてきた。

（双葉が、隼坂くんの家に）

そしてそれは時間が経つにつれて大きく、激しくなっていき――。

「パウパウ！」

一時間も経つか、経たないかのうちに、俺はリビングのソファで倒れていた。

耳元では、エイトが驚いたように鳴いている気がした。

「え⁉　寧兄さん！」

「寧！」

そして士郎や充功も――。

7　十九時半の颯太郎・偶然のリンク

「それでは。すみませんが、お願いします」

　自宅へ来てくれた隣家の亀山さんに挨拶をしながら、俺、兎田颯太郎は運転席の後ろにセットし直したチャイルドシートに、きららちゃんを座らせた。

　そして、その隣の席には、エンジェルちゃんを入れたケージを固定する。

　今日の予定のメインは、定時で上がって七時過ぎにはマンションへ着くという鷹崎さんのところへ、きららちゃんたちを送り届けること。

　そしてその後は、仲間が予約を取ってくれたホテル・マンデリン東京に入っている会席料理・壱膳《いちぜん》へ向かう。

　どうしても仕事の話が出るだろうし、たまには時間を気にせずのんびりしたいということもあって、今夜は夕方から閉店まで個室を押さえてくれている。

　このあたりは、ＳＯＣＩＡＬの御曹司にてメインデザイナーでもある早乙女の伝手《つて》ならではだろう。

それもあり、俺には「何時になっても大丈夫だから、こっちのことは気にせず、焦らず、気をつけて来いよ」と言ってくれた。

——間違っても地元のヤクザに絡まれるなよ！

なんて、懐かしいことまで言ってくれて。

しかし、まずは予定通りに鷹崎さんのところへ着かなければ——ってことで、俺は夕方の四時には家を出ることにした。

普通に行けば、高速にも乗るし、麻布までなら二時間もかからない。

ただし、渋滞につかまったときのことも考えなければいけないので、余裕を持って出発だ。

早めに着く分には、きららちゃんたちと一緒に部屋に入って、待たせてもらうことになっているし。なんなら、きららちゃんの寝支度や夕飯を調《ととの》えておけば、帰宅後の鷹崎さんが楽だろうからね。

まあ、このあたりは、手を出しすぎて寧に焼きもちを焼かれても困るから、臨機応変かつ、ほどほどで。ついつい忘れがちだけど、たまに「え？　そこなの」って部分で焼きもちを焼くところは、俺そっくりだから——。

「おうおう。気をつけていくんじゃぞ。お仲間さんと飲みたくなったら、鷹崎さんのところに泊めてもらうという手もあるでな」

「さすがにそれは」

「あら、おじいさんってばいいアイデアね。ね、きららちゃん」

「そうよ、ミカエル様。たまには、きららのところへもお泊まりして。お引っ越ししたら、できなくなっちゃうんだからね！」

「いいね、いいね〜。たまにはそういうのも」

「いいな、父ちゃん。きららんところにお泊まり、また俺もしたい！」

しかし、俺が寧の焼きもちを警戒しているとは思わないのだろう。

亀山さんたちだけでなく、見送りに出てきた充功や武蔵たちまで俺に泊まりを勧めてくれた。

「そう言われたらそうだね。そしたら、今度改めてお泊まり計画を立てようか。ちゃんときららちゃんのパパにも相談してから」

「うん！」

「わーい！　僕たちも一緒だよ！」

「やった！　しろちゃん、楽しみだね」

「ご迷惑にならないのが前提だからね」

はしゃぐ樹季たちに笑顔で釘を刺してくれるのは、やっぱり士郎だったけど！

（本当に、我が子ながら頼りがいがあるな。いや、俺が頼ってどうする！）

「じゃあ、行ってくるからね。充功たちもあとを頼むね」

「へーい」


こうして俺は自宅を出ると、一路鷹崎家へ向かった。

移動中は、うしろの席からきららちゃんがいろいろ話をしてくれて、まるで退屈する暇がなかった。

確かに普段から、車内では誰かが話しているから、よほど眠いということがなければ、賑やかな移動になる。

しかし、きららちゃんとエンジェルちゃんだけで、まさかマンションに着くまで、話題が途切れないなんて、思いも寄らなかった。

それも、ビックリするくらい日常的な話からオカルトめいた話まで、バラエティ豊か。

特に、俺は「我が家には福の神と鬼四天王が同居をしている」という話に、驚くよりも笑いを堪えるのが大変だった。

しかも、どこからそんな突拍子もない話が出てくるのかと思えば、七生だと言うから驚きだ。

まあ、それでも一応理《り》にはかなっていた。

なんでも、彼らが居着いたのは、我が家の節分ルール――豆はまかずに食べてしまう――に、今年から新たなルールが加わったからだという。

〝鬼はーち！　福はーち！〟

そう、七生が突然言い出した「鬼は内」が元だというのだ。

おそらくこれは、士郎が読み聞かせしてくれた〝泣いた赤鬼〟という話の影響だろう。

鬼というだけで、必ずしも悪とは限らない。

中にはこうした友達思いのいい鬼だっているのだから、周りの評判だけで決めつけるのはよくない――どうこうと。何か悟《さと》りの混じった話をしていたのを、耳にした記憶があったからだ。

だからといって、お菓子やジュースで子供を誘うような知らない人間は、老若男女問わず鬼以上に怖いから、絶対に着いていかないように！

これに関しては、僕らが「いい人だよ」って言うまで、近づかなくていいからね！

――なんていう補足まで含めて、士郎の日常的な弟教育は徹底していた。

みんな一度や二度は、突然知らない人に声をかけられたり、「無意識のうちに手が」などと言って、連れ去られそうになったりしたのを見ているし、自身にも経験があるからだろう。

特に士郎がその怖さと怒りを思い知ったのは、地元のスーパーでの買い物終わりに、ヨチヨチ歩きをし始めた頃の樹季に魔の手が伸びたときだ。

それこそハーネスを付けていたにも拘わらず、士郎が持っていたリードごと奪って連れ去ろうとしたので、「僕の弟を返せ！」と、鬼の形相で捲し立てた。

そこへすかさず双葉が買ったばかりのキャベツを投げつけて、充功が猛然とダッシュして跳び蹴りをかました。

その横では、寧が有無も言わさずに警察へ通報して――と、俺がお手洗いから戻ったときには、ものすごい状況になっていたことを、蘭さんが教えてくれた。

当然、相手の男は「変な考えはなかった」「転びそうになったのを助けただけ」「勘違いも甚《はなは》だしい」などと言ってきて。

その上、「俺のほうがひどい目に遭った、慰謝料を寄こせ」と口走ってきたので、俺はその場で殴りかかりそうな手をスマートフォンに向けて、ひとまず深呼吸をするつもりで判事をしている陽秀《あきひで》兄さんに電話をした。

そこからの大人げない展開は、子供には見せられないし、聞かせられたものではないが。

まあ、俺の息子に何してくれるんだ！　ブチッ!!　ってところは、グリーンピース親子なので誰も止めない。

むしろ、真っ先に俺たちが動くことで、蘭さんが切れるのを防いでいると思えば――ね。

ちなみに武蔵が生まれてヨチヨチするころには、樹季は防犯ベルを首からぶらさげるようになっていた。

どんなに気をつけていても、親や兄たちの目が絶対に離れることがないとは言い切れないので、自衛策を覚えさせたのだ。士郎が！

やはりここでも士郎の用心深さと安全対策は行き届いている。

まあ、こういったことの積み重ねもあり、七生も年の割には驚くようなことを言ったり、したりするのだが――。

それにしても「鬼は内」をしてから、我が家に鬼四天王が居着いてしまったというのは、夢でも見た結果なのだろうか？

きららちゃんを通して、七生からの話をまとめると、節分の夜に自分たちがあちらこちらに向かって「鬼は内」「鬼は内」と言ったものだから、四方から鬼が集合することになった。

ようは、ずっと「鬼は外」と邪険にされていたのに、うちだけが違った。

特に最初に「鬼は内」と言ってくれた七生には、嬉しくなって恩を感じた？

それで、「お礼にこの家は俺たちが守る！」となって、そこから我が家の東西南北に立って、しっかり守護してくれているらしい。

話の合間に「にゃんにゃんのあれみたいにね！」という例えが入ったので、ようするにこういうことか——と、俺も理解というか、そういう解釈をした。

ただ、子供たちがすごいのは、話がここで終わらなかったことだ。

なんでも、それから我が家の担当だった福の神がやってきて、これは何事だとなった。

それこそ「鬼は外！」と、厄払い的に豆を投げまくって、今にも家内紛争が起こるところだったらしい。

しかし、これを七生が止めた。

〝福《ふ》ったん、めーよ！　みーな、いい子いい子でと！〟

〝……〟

いつも自分が兄たちによく言われるように、福の神に対しても「みんなで仲良く、いい子にしなさい」とお説教をしたらしい。

〝やーい、やーい〟

〝怒《お》られた～っ〟

〝鬼ったんも、めよ！〟

そして、これを囃《はや》し立てた鬼四天王に対しても、同じことをして――。

〝ごめんなさい〟

〝もうしません〟

〝あい。お手々、ぎゅーぎゅーよ！〟

〝……〟

〝――〟

〝ぎゅーちてっ！〟

仲直りを強要して、以来我が家では福の神が頭上を、鬼四天王が東西南北を守護しながら、リビングで同居をしているとのことだ。

そして、これらを管理？

常に見張っているのが、蘭さんとエリザベスらしい。

（だめだ！　絵が浮かぶ!!　いっそ話にしてしまいたいくらい、強烈な絵面だ！　子供の思い付き？　夢？　なんにしても、すごいや）

このオチには、腹筋が崩壊しそうになるどころか、危うくハンドルを握る手が滑るところだった。

危ない。危ない。

しかも、きららちゃんのお喋りは、マンションに到着しても続いて――。

「あとね。今日はいっぱいパパやママとお話ししたのよ。蘭ママともお話しできて、すっごく楽しかったの」

(――っ)

俺は、さらりと出てきた蘭さんの名前に、一瞬戸惑った。

「それに、パパとママったら、きららたちより先にお引っ越ししちゃおうかな～なんて言うのよ。向こうで蘭ママとお話しするのが楽しいみたい。それで蘭ママも、先に来ちゃいなよ～って言ってくれるから、その気になっちゃいそう。なんですって!」

(えっと、これは……。小さい子特有の〝大人には見えないお友達が見える〟系なのかな?)

七生の鬼四天王の話ではないけど、夢と現実が混ざったり、どこかで見聞きしたものが、記憶や想像と混ざったりするのは、大人でもあることだ。

ましてやきららちゃんは、想像力が豊かだし、こうしたことに対する思考能力も突き抜けている。

こういう部分は、士郎が持っているものとは、また違った能力なんじゃないかと思うことが、多々あるからだ。

「ミカエル様は、きららのパパとママが先にお引っ越しするのはどう思う？　リビングのお仏壇がギュウギュウになっちゃうかもしれないから、やっぱり無理かな？　蘭ママのところに福の神や鬼たちが押しかけて、きららのパパとママもってなったら、扉がしまらなくなっちゃうかもしれないし」

ただ、そうした難しいことはさておき、俺は笑顔で話をするきららちゃんが、うらやましくなった。

夢でも会いたいと思う蘭さんに、俺が会えるのは、年に何度もない。

今年は初夢に出てきてくれたけど、それ以降は――。

でも、きららちゃんは亡くなったパパやママだけでなく、こうして蘭さんとも話をしたという。

それも、仏壇に同居とか、先に引っ越しとか。

たとえ夢でも俺が見たら、なんて幸せなんだろうと、思わずにはいられないものだ。

けど、俺自身にはこうした思い付き自体がなかったから、ここで話だけでも聞けるのは、やはり嬉しい。

俺は、きららちゃんの話を想像しながら、返答を探した。

「うーん、そうだね。でも、今二階に大きなドールハウスを作っているところだし、仏壇のお家が狭くなっても、大丈夫じゃないかな？　まあ、この場合。きららちちゃんのパパとママは蘭さんが呼んだんだろうから、一階の仏壇で。七生が豆まきで呼んじゃったほうの福の神さんと鬼さんたちは、二階のドールハウスで暮らしてもらうってことで、どうかな？」

話すうちに、俺自身がとても楽しくなってきた。

俺が心からワクワクしながら提案したからか、きららちゃんの顔にも、パッと笑みが浮かぶ。

「あ！　そうか。ドールハウスがあった！　今もたくさんお部屋があるけど、これからオマケが増えたら、もっと大きなお家になるよって、士郎くんも言ってた！　これなら、福の神さんも鬼さんたちも自分のお部屋を持てるし――、ミカエル様、すごい！」

「これで問題は解決だね」

「うん！」

摩訶不思議《まかふしぎ》な、それでいて夢のような話だが、俺もきららちゃんもガッツポーズを取り合った。

そして、ハイタッチ！

（なんて素敵な時間が流れているんだろう）

俺は、大人としても親としても、また一人の作家としても、こうした子供の夢物語には、教えられることがたくさんあると思った。

話が現実かどうかは、二の次だ。

会話をすることで、一緒に夢を見ることで、とても豊かな気持ちになれる瞬間があることが、まずは尊い。

また、生きていく上での、貴重なエネルギーになると感じたからだ。

「――あ、ピンポン！　パパよ！」

「本当だ。お帰りなさいをしよう」

「うん！」

そうして、たくさんの話を聞き終えたところで、鷹崎さんが帰宅した。

予定通りとはいえ、時計の針は七時を回っている。

俺は、きららちゃんやエンジェルちゃんと「お帰りなさい」をすると、そのまま「それじゃあ、俺はこれで」とも声をかけた。

慌ただしくて申し訳なかったが、すでに仲間たちを待たせている。

それも、寧の相手をさせて。

ここで遠慮をしたり、気を遣ったりするのは、かえって水くさいだろうから――。

「本当にありがとうございました」

「どういたしまして」

鷹崎さんにも、俺の意図は通じていた。

むしろ遠慮がないとわかったのか、笑顔になったほどだ。

「ミカエル様！　遅くなったらここへお泊まりにきても大丈夫だからね」

「きらら」

「うん。わかったよ。もし、いきおいでお酒を飲んじゃった――なんてことになったら、パパに電話して泊まらせてもらうから」

「うん！」

「あ、そうですよね。なんでしたら、来客用の駐車場に駐めて行かれて大丈夫ですよ。気が利かなくてすみません」

この案は鷹崎さんも考えたことがなかったんだろう。

ハッとして俺に駐車場が使えること、泊まって行くことも問題ないことを説明してくれたが、さすがにね――。

「いえ。何事もなければ、遅くなっても帰宅はしますので。なんというか、子供たちのこともありますが、寝る前に少し作業をしないと、俺自身が落ち着かないので」

寧が焼くので遠慮をしますというのは、嘘ではない。

しかし、それ以上に、俺には飲まずに帰る理由や意味があった。

「それは、自宅仕事だからこその、習慣ってことですかね？」

「はい。そんな感じですね。もっとも、今夜会うのは、その仕事の仲間なので、どうなるかはわからないんですが。解散したら、一斉メールをしますので」

おそらく鷹崎さんも、持ち帰り仕事なり、自身のスケジュール管理なりで、帰宅後のひとときを使うのだろう。

俺の言いたいことをすんなりと受け入れ、また理解を示してくれた。

寧は本当にいい人に恵まれたな――と、こんなところでも感謝をしてしまう。

「わかりました。では、いってらっしゃい」

「はい。行ってきます」

そうして、簡単なやりとりを終えると、俺は鷹崎さんのマンションをあとにした。

ここでも「いってらっしゃい」「行ってきます」って、なんだか不思議なやりとりだったけど。

寧や充功も、ここへ寄らせてもらったときには、こんな気分を味わっていたのかな？　と考えながら、俺はマンションの駐車場に駐めていた車で、仲間たちが待つ銀座のホテル・マンデリン東京へ向かった。

仕事帰りの寧とばったり会って、今の今まで一緒にいたことは、寧と杉原からのメールで知っていたから、

（それにしても、そんな偶然もあるんだな）

そんなことを思いながら、ハンドルを切った。

＊＊＊

しかし、俺にとって今夜の予定を変えてしまうほどの「偶然」が起こるのは、実はここからだった。

（え、完⁉）

麻布《あざぶ》から銀座へ車を走らせ、目的地のホテルの地下駐車場に駐めていると、丁度エレベーターから降りてきた末弟——白バイ警官をしている完を見つけた。

それも、俺の記憶違いでなければ、同行しているのは西都製粉東京支社の専務・虎谷さん。寧や鷹崎さん、鷲塚さんや獅子倉さんが勤めている会社の幹部の一人だ。

この二人が一緒にいる意味？

共通点が寧なのはわかるが、それ故に「だからってどうして？」となってしまい——。

答えが知りたい衝動から、二人の元へ駆け寄ってしまった。

「完！」

「っ!?　え、颯太郎兄貴、どうしてこんなところに？」

「お前のほうこそ、どうして。虎谷さんと？」

突然のことに驚いていたのは、完だけではない。虎谷さんも俺を見るなり、驚愕から発しそうになった声を、飲み込んだように見えた。

ここで完が俺の腕を掴むと、「とりあえず、こっち」と、まずは誰が来ても邪魔にならないように引き寄せた。

そして、バイクばかりが駐められているゾーンまで俺を連れていくと、

「俺は公休。だから、趣味のバイク仲間を通して知り合った虎谷さんと、今日は朝から

外房《そとぼう》まで走って。で、戻ってきたら、丁度腹が減ったから、ここのレストランに寄って夕飯食って、これから解散。ってか、ちょっと前まで他の連中もいたから、二人で走ってきたわけでもない。以上」

二台並んだ漆黒のハーレーダビッドソンを指し示した。

確かに一台は完の愛車だ。見覚えがある。

ただ、もう一台のほうが完のものより更に大きく、年季も入っているように見えるのだが――。

「バイクで知り合った？」

「はあ。年甲斐もなく、お恥ずかしい」

確かによく見たら、虎谷さんはライダージャケットを羽織っていた。

しかも、以前俺が会社に出向いてお会いしたときに比べて、髪型から何からラフだ。

スーツ姿でも実年齢よりかなり若く見えるタイプだが、今夜はいっそう若く見える。

支社とはいえ、大企業の専務取締役だ。

それなりの年齢だろうに……。

「い、いいえ。そんなことは。あ、でもそうだったんですか。バイクを通して」

ただ、こうした話になった時点で、俺は仲間のところへ急がなければという気持ちは皆無になった。

それどころか、ここはしっかり挨拶をして、完との繋がりがどれ程のものなのか、この際確認しておかなければ——と思ったくらいだ。

いつどこで寧と鷹崎さんの話が出るとも限らないから。

「まあ、そんな偶然あるのかよって思うよな。それなら、俺が切符切ったのがきっかけでとか、寧に紹介してもらったとかってほうが、ありそうだし。実際俺たちもそう思ったくらいだから。ですよね、虎谷さん」

「本当にね」

それでも俺の心情は察したのかな？

ストレートには言わないまでも、完は俺に対して「大丈夫だよ」「心配ないから」と言い含めるように、目配せをしてきた。

だが、だからといって、ああそうか——と、安心はできない。

むしろ完が、「俺たちすでにバイク仲間のダチ同士なんだ」と強調してくればくるほど、俺は「それならもう、バイク以外の話もしているんじゃ？」と、心配が増したからだ。

「それで、颯太郎兄貴は？」

「俺は、仕事仲間と。でも、ちょっと顔を出しに来ただけだから」

「そっか。まあ、なんにしても俺たちは、公私混同はなしの走り仲間ってだけだから。変に心配はしなくていいよ」

「そういうわけにはいかないだろう。本当に息子ばかりか、弟までお世話になりまして」

なんだか完と話をしても埒が明かない気がしたので、俺は思いきって虎谷さんに話しかけて、頭を下げた。

「そんなことはないですよ。すっかり世話になっているのは、俺というか、カンザス支社の者たちまで、いつも本当にすみません」

「!?」

すると、虎谷さんからは、まったく想像もしていなかった照れ笑いが返ってきた。

(カンザス支社?)

しかも、どうしてその支社名が出てくるのだろう?

「あ、獅子倉以上に、向こうの支社長とのほうが、私自身付き合いが長いもので」

「あ……。そうだったんですね。それは――、お恥ずかしい」

説明されても、すぐに理解が追いつかない。

ようは、昨日の我が家での誕生会のことも知っている?

それ以前に、獅子倉さんとスカイプで繋がった我が家のパーティーに関しては、全部カンザス経由で虎谷さんまで筒抜け？

このことを寧は、鷹崎さんは、そもそも獅子倉さんは知っているのか⁉

でも、寧は未だにカンザス支社長のフルネームを調べていない――と漏らすことがあるから、こういう繋がりがあるとは想像もしていないんじゃないか？

かといって、カンザス支社長と虎谷さんの年齢で付き合いが長いとなったら、鷹崎さんや獅子倉さんが入社する何年も前からの仲ってことだろうし。

逆に、二人が知らずにいても不思議はない。

話を聞く限り、同僚としてだけでなく、個人的にも仲がよさそうだし。

だが、ここで虎谷さんが俺に向かって微苦笑を浮かべた。

「いいえ。いつも楽しくて明るいご家庭で羨ましいですよ。その、もともと鷹崎のことは入社したての頃から気にかけていたので。私自身というか、個人的にも、今はとても安心しています。本当に、いいパートナーに恵まれて。そして、そのご家族に恵まれて」

「⁉」

それも、なんだかすごいことを言って？

いや、これは俺の勘違いか？

そうでないなら、虎谷さんは寧たちのことを――⁉

俺は、すぐに返す言葉が出てこなくて、目を見開く。

「あ、すみません。実は私、二月でしたか、二人から婚約した報告を受けているんです。そして私自身は、二人がこれまで通りに仕事をしている分には、何も問題はない。どうかお幸せにと、返しています」

――そういうことだったのか！

俺は、一気に呼吸を取り戻したような気がした。

ということは、数秒とはいえ、息ができていなかったんだろう。

驚きすぎて、緊張しすぎて。何より、状況がわからなすぎて！

「なんだ。寧から聞いてなかったのか。それで兄貴、今、妙にソワソワしてたんだ」

すると、ここで完も、そういうことか――と、納得をした。

完からすれば、まさか虎谷さんのことを俺が知らずにいたとは考えなかったんだろう。

寧はなんでも俺に報告するし、隠すことはしないから。

ただ、そうは言っても、話すタイミングを逃すと、案外そのまま時間が流れてしまって
――ということは、多々ある。

それこそ今朝も寧が言っていた。

昨夜、初めて去年の教育実習生の話を聞いて驚いた――と。

ようは、虎谷さんの話も、これと同じだ。

たまたまそのときに、俺たちの中で、話題に上がってこなかっただけだろう。

それこそ二月なんて、節分からバレンタイン、学年末テストから俺の入院もあった。

それ以外のことでも、そうとう過密なスケジュールだったはずだから。

「けど、まあ。知らなかったら、そうなるよな。俺も、なんとなくそういう話の流れになって、これを聞いたときには、腰が抜けそうになったから。でも、実際の話、身内としては心強いし。まあ、俺と虎谷さんは、あくまでも趣味の繋がりでの話だけどさ」

しかし、ここで完が言うのは、もっともな話だった。

寧や鷹崎さんだけでなく、俺たち家族も虎谷さんのような方が真実を知っていてくれることは、また賛成してくれていることは心強いが、恋愛自体は個人のことだ。

婚約しようが、結婚しようが、ここはあくまでもプライベートな話。

たとえ社内恋愛から始まっていたとしても、それはそれで、これはこれだ。

むしろ、虎谷さんのように立場のある方だからこそ、直接二人に拘わってどうこうよりは、偶然完と繋がって――くらいの距離のほうが、逆に話もしやすいのかもしれない。

「本当に、お世話ばかりおかけして、すみません」

ただ、いずれにしても俺は完の兄だし、寧の父だ。

その上、鷹崎さんの身内と言っても過言《かごん》ではない。

今後もお付き合いをしていくことを考えて、改めて虎谷さんに頭を下げる。

「いえいえ。そこはお互い様ですから。私自身もこうして完くんにはお世話になってますし。カンザスの友人や部下たちなんて、もっとお世話になりっぱなしですからね」

そしてそれは虎谷さんも同じで――。

ただ、このままでは、堂々巡りだとでも思ったのか、完がバイクに手をかけた。

「そうしたら、そろそろ。兄貴もまだ用があるみたいだし」

「ああ。そうだな。引き止めて悪かったな」

「どういたしまして。また、時間ができたら、顔を出すよ。特に用がなくても、今のうちに通わなかったら、すぐに七生のオムツ尻が撫で回せなくなるからな」

「そうだね。取れるときは、あっという間だからね」

すでにここでの食事を終えている彼らからすれば、あとは帰るだけだ。

俺も話を切りあげて、ここで二人を見送ることにした。

「じゃあ、また」

完と虎谷さんは、それぞれの愛車に跨がると、ヘルメットをかぶり、エンジンをかけた。

重厚な音を響かせて、この場を去って行く。

（――バイク繋がりね。確かに切符を切った、切らないって話よりはいいのかもしれないが。それにしても、世間が狭くて驚くばかりだな）

俺は、その場から駐車場内を移動し、エレベーターに乗り込む。

それが最上階のレストランフロアまで直通だったこともあり、最短で仲間の待つ会席料理店へ向かうことができた。

チン――という到着音と共に扉が開く。

すでにこの時点で八時を回っている。

（それでも二時間くらいは――、ん？）

しかし、エレベーターフロアへ下り立つと同時に、俺は待機ないし休憩用に置かれているソファに腰を下ろして、ガックリと肩を落としている男性に目をとめた。

具合が悪いのか、疲れているのか、いずれにしても自身の隣に手提げ鞄を置いて俯くその男性には、見覚えがある。

「隼坂さん」

俺の呼びかけに顔を上げると、彼もそうとう驚いていた。

「――え!?　兎田さん」

俺は、思いも寄らない場所で隼坂くんのお父さんに出会い、世間の狭さをまた実感した。

同時に、今一度「偶然」のなんたるかを、考えさせられるのだった。

＊　＊　＊

久しぶりに隼坂さんと会った俺は、その場で五分程度待ってもらえるように頼んでから、壱膳へ向かった。

個室に集まり、テーブルに宴会料理を並べ始めていた仲間たちには申し訳ないが、今夜はこのまま帰ることを伝えて許してもらう。

俺には彼が、どう見ても不調そうにしか見えなかったからだ。

「そりゃ、大変だ。でも、近所なら送っていくほうが、颯太郎自身も安心だもんな」

「あ！　これ。子供たちのお土産用に、弁当を用意してもらってあるんだ。なんなら、その双葉の友達のお父さんにも分けてやって」

「そうだな。これから帰って飯の支度とか、しんどいだろうしな。今夜、不要でも、明日の朝に回してもらえばいいだろうからさ」

杉原たちは、すぐに了解してくれた。

それどころか、もともと用意してくれていたらしい懐石弁当を入れた紙袋二つを取り出すと、その内一つを隼坂さんにって、中身の個数を半々から三対一に振り分けてくれた。

俺は、これだけで胸が熱くなった。

優しくて気の利く友らに、感謝しかない。

「本当に、ごめんな。この埋め合わせは、また今度。必ずするから」

「いらんいらん。というか、それならもう寧に先に埋めてもらったし。久しぶりにゆっくり話して、楽しませてもらったから、俺たちにまで気を遣うな」

「そう言ってもらえると助かるよ。料理もありがとう」

「どういたしまして。颯太郎のほうこそ行ったりきたりで大変だろうが、気をつけて帰れよ」

「ああ。それじゃあ、またな」

そうして俺は、ひとまず弁当の入った袋だけをもらって、エレベーターフロアへ戻った。

隼坂さんには、これから帰宅することを伝えて「送りますので」と声をかける。

遠慮されるのは目に見えていたので、けっこう強引に誘った。

了承を取り付けると、上がってきたエレベーターで地下まで降りた。

すると、本人は大分気合いを入れて歩いていたが、俺には足元がおぼつかないように見えた。

ただ、隼坂さん自身は「病気の類いではなく、ちょっと疲れが出てしまって」と言っていたので、ひとまず声をかけてよかったと思う。

「さ、乗ってください」

車に着いたら、助手席へ。

「ありがとうございます」

腰をかけた瞬間、隼坂さんはため息を漏らしつつも安堵した様子を見せており、やはりそうとう疲れていたんだな——と、俺は確信をした。

「びっくりしました。まさか、ここで兎田さんにお会いするなんて」

「俺もですよ。今日は、ご出勤だったんですか?」

走り出した車のハンドルを切りながら、俺は隼坂さんに何気なく聞いた。

彼はハッピーレストラン本社でメニュー開発部門を担《にな》う部長さんだ。

このあたりは、取引先相手ということもあり、寧からも時々話は聞いている。

特に仕入れ値引きの交渉に、エルマーやテンの写真で「お願いワン」されたとか——ね。

「本当は、出張だったんです。ただ、急に先方さんの予定が変わって、向こうからこちらに来ていただけることになったので。それで、日中は仕事をして。今さっき、食事を終えられて、お部屋へ戻るとのことだったので、お見送りしたところだったのですが——。なんだか急に気が抜けてしまって」

苦笑交じりに話す隼坂さんは、本当なら力いっぱい愚痴りたいだろうに、そこはグッと我慢をしているようだった。

仕事内容がわからないので、行くのと来るのとどちらが楽なのかは不明だが、当日に予定を変更されるのは、きついだろう——ぐらいの想像は付く。

しかも、この分だと予定を変更された挙げ句に、一日中付き合わされて、トドメが夕飯で接待かな。

きっとあの場で座り込んでしまったのは、きっと精も根も尽きた状態だったのだろう。なんだか徹夜明けの自分を見るような姿だったからね。

「それは、一気に疲れが出てしまったのでは？　そもそも出張のつもりで家を出たのでしょうし。それが突然変更では、調子も狂うでしょう。何より今日一日の仕事内容も、変わったことでしょうしね」

俺は、ホテルの駐車場をあとにすると、そこからは高速道路の入り口を目指して車を走らせた。

「まあ、はい。それにしても、よかったんですか？　私が同乗して。というか、これから用があったんじゃないですか？」

「いいえ、もう用はすんだところだったので。それに、どの道一人で運転して帰るだけですから、かえってご一緒できて嬉しいですよ。ただ、道路の状況によっては、電車のほうが早かったなんてこともあるので、渋滞に巻きこまれてしまったら申し訳ないんですが」

「そんな——。あそこで声をかけていただいて、正直助かりました。それに、兎田さんとは、一度ゆっくり子育ての話ができたらと思っていたので。渋滞になっても、きっと有り難く感じると思います」

　徐々に隼坂さんの声が元気になってきた。

　俺は、そんな彼を見ながら、自然と笑みが浮かんだ。

「本当ですか？　けど、それを言ったら私も隼坂さんには、大学受験のことなど聞いてみたかったので」

「そうなんですか？　私でお役に立てることがあるといいんですが」

　そこから先は、お互い疑問に思っていたこと、心配だったことなどを質問し合いながら、俺は車を走らせた。

　途中、少し自然渋滞に巻きこまれてしまったが、これは時間帯も関係するので仕方がない。

　そう割り切って、まずは地元のインターを目指す。

（これならもう安心か）

そして、車が上手く流れ始めて、あと十五分もすれば隼坂さんの家に着くだろうと思ったときだ。

「――ところで、少し話を変えてもいいですか？」

「はい。なんでしょう」

「同世代の親として、参考までにお聞きしてみたいのですが……。兎田さんは、同性愛については、どう思われますか？」

「はい？」

俺はいきなりの質問に対して、まったく構えがないまま声を上げてしまった。

返事というよりは、間の抜けた声を漏らしてしまった状態だ。

「すみません、突然。たまたま、そんな話がでたもので。その……、最近は様々な恋愛の形が語られるようになってきているので。ある日突然息子が――ってことも、なくはないみたいなことを言われまして。私としては、そうか……って」

どこかでそんな話題が出たのだろうか？

隼坂さん自身も、突然切り出すような話でないことは理解しているのか、平身低頭なのが語尾からもわかる。

ただ、この質問に俺が必要以上に胸がドキドキしたことは否めない。

彼の口調からは、昨今の話題のひとつとして――そんなニュアンスしかないのは伝わってくるが、俺からしたらそういうわけにはいかない。

寧と鷹崎さんのこともあるが、実のところ双葉はどうなんだろうか？ と、気になるときがあるからだ。

それも、隼坂くんに対して――。

もちろん、実際のことはわからない。

俺が言うのもなんだが、双葉は寧と違って、甘える相手を増やすのが上手い。

ここは長男と次男の違いもあるだろうが、何でも自分が背負い込む寧に対して、双葉は身近に甘え、頼れると思える相手がいれば、堂々とそれをするからだ。

こうなると、以前には見られなかった隼坂くんへの甘えや頼りが、どういう感情から起こっているのか、親だからと言っても判断が付かない。

ただ、エリザベスとエルマーが結ばれたのをきっかけに、急速に二人の距離が近くなったのは確かだろう。

特に受験を決めたくらいから――。

「あ、はい。私も多分、そうかって、感じだと思います。なんというか、相手の性別がどうよりも、その相手が本当に息子を幸せにしてくれるのか。また、自分の息子が相手を幸せにできるのかってことのほうが、大事だと思いますので」

俺は、かなり言葉に気を遣った。

もしも双葉が隼坂くんに対して、特別な好意を抱いていたら、間違ってもその足を引っぱる、邪魔をするようなことは言えない。

むしろ、そんなことになったら、全力で応援しますよというスタンスだけは、ここでもはっきり示しておきたかったからだ。

同時に、できることなら隼坂さんにも、同意見でいてほしい。

そんな思いもあり、若干圧をかけた物言いになっていたかもしれないが――。

「息子を幸せに、また、息子も相手を幸せにできるかどうか、ですか。確かに、それはそうですよね。肝心なのは、大事なのは、そこですものね」

「ええ」

すると隼坂さんは、思いの他すんなりと俺に同意してくれた。

この場だけ話を合わせてきたふうではなかった。

どちらかと言えば、俺から同意見を引き出したくて、あんな質問をしてきたのかもしれない――と、思わせる。

「もしかして、隼坂くんに好きな相手でもできたんですか？」

「え？」

なんとなく聞いてしまったが、俺は口にしてから後悔をした。

仮にそうだとしても、相手が双葉とは限らない。

俺自身がなんの確信もない状態なのに、ここで「実は」と、まったく知らないお友達の名前や存在を出されてしまったら、それこそどうしたらいいんだ？

こればかりは、俺の自業自得だが――。

「なんとなく、そうなのかなって」

「まあ、受験はあっても、そういう年頃ですしね。というか、寧くんや、その、双葉くんは？　あ、年頃だけで言うなら、充功くんもですかね？」

恐る恐る話を続けたが、隼坂さんからは濁《にご》された。

それはそうだ。この話の流れで「息子さんに好きな相手でも？」と聞かれたら、「好きな男性でも？」と聞かれたも同じだ。

実際、俺もそのつもりで言ったし。ここは「年頃」で回避するのは当然だろう。

ただ、俺自身は尚も攻めた会話をしてしまった。

「そうですね。充功はまだまだみたいですが、寧や双葉は――ですかね」

「双葉くんもですか!?」

「はい。まあ、これは私の勘でしかないので、実際のところは聞いたことがないんですけどね」

「……っ。そ、そうですか」

あえて二人の名前を出してみたが、明らかに隼坂さんが動揺した。

それも双葉のほうに。

こうなると、最初から双葉のことが気になり、話を切り出したってことだろうか？

とはいえ、そこは息子の同級生で比較対象にしやすいからかもしれないし、隼坂くんが多少なりとも双葉に気があるからかもしれない。

これればかりは、聞いてみないことには、彼の真意はわからない。が、仮にわかったところで、俺には手も足も出ない内容だ。

「ただ、今は受験が最優先なのかな？　とは、思います。隼坂くんにそうとう刺激を受けているようですし。できれば同じ大学へ進みたいようなので」

俺は、今夜のところは引くと決めた。

内心ドキドキしてはいるものの、これで双葉や隼坂くんにそんな意識が微塵もなかったら目も当てられない親馬鹿だ。馬に蹴られてどうこう以前に、ゾウに踏まれろくらい言われても仕方がないほど勝手な想像だからだ。

それでも、もしも双葉がそんな気持ちになったときのことを考えて、俺は隼坂くんに好意的であることだけはアピールした。

「それは、うちの旬も同じだと思います。むしろ、旬は今の高校に入学してから、ずっと双葉くんに刺激を受けてきたようですし。それもあって、エリザベスとエルマーが家族になったことで交流も増えて、とても嬉しいみたいで」

なんだか隼坂さんからも、俺と似たような思惑を感じる。

しかし、それならそれで、有り難いことだ。

双方の親が同じ気持ちで見守れるなら、この先本人たちがどう転んでも、親同士が揉める、争うことはない。

特に俺の立場からしたら、隼坂さんは双葉の同級生の親であると同時に、寧の取引先の相手でもあるので、ここは波風が立たないことを願うのが一番だ。

ましてや、同世代の父親同士として、いっそう仲良くお付き合いができるのなら、言うことはない。

「それは、よかったです。そう言っていただけると、私も嬉しいですし、きっと双葉も嬉しいと思います」

「ありがとうございます。本当に、寧くんにしても双葉くんにしても。充功くんたちにしても、みんないい子たちばかりで。私もこうして、お付き合いができるようになって、本当に嬉しいです」

そうして、お互いに今一度頭を下げ合ったところで、車は地元のインターを降りた。

そこからは隼坂さんのところまでは十分とかからず、俺は彼を無事に送り届けた。

「今後とも、どうかよろしくお願いします」

「こちらこそ。どうかよろしくお願いします」

杉原たちからもらった好意の弁当をお裾分けし、「それでは」と言ってそのまま自宅へ車を走らせる。

ただ、ホテルを出たときからこんな感じだったので、俺は一度もメールのチェックをしていなかった。

その必要さえも、その時は感じていなかった。

8　二十一時のテンと双葉・バースデーの夜に

＊テンの夢＊

（嬉しい！　楽しい！　やっほー‼）

双葉くんが「あともう一回だけな！」と、リビングの端に転がしてくれたテニスボールをテンション高く追いかけて、咥えて戻る。

僕の名前はテンくん。

隼坂のパパと旬《しゅん》くん、そしてエルマーママと一緒に暮らしているセントバーナード六匹兄弟の末っ子で♂《オス》です。

一番上のエイト兄ちゃんは、エリザベスパパと亀山家のおじいちゃんおばあちゃんと。

そして次のナイト兄ちゃんは、迷子になりそうなくらいおっきなお家で、鷲塚さんやそのお父さん社長とお母さんと暮らしています。

お姉ちゃんたち三匹も、パパやブリーダーさんの知り合いのお家で、とっても楽しく暮らしていて、みーんな幸せです。

「よしよし。上手だな。でも、そろそろ終わりにして、寝ないとな。エルマーが待ってるぞ」

前に出された掌に、僕がボールを置くと双葉くんが頭を撫でてくれた。

「くぉ～ん」

「もういっぱいボール投げしただろう。またな」

もっと遊びたいよ～ってお強請《ねだ》りしたけど、駄目だった。

双葉くんのうしろからエルマーママが「終わりよ」って、目で訴えてくる。

（はーい）

僕は諦めて、双葉くんに尻尾を振って「またね」。

ママから（いらっしゃい）って合図されて、寝床へ向かった。

（僕もエイト兄ちゃんみたいに、みんなと暮らしたいな～。そしたら、もっといっぱい遊べるのに）

そして、リビング続きのお部屋に入って、ママの隣に伏せると、

（あーあ。エイト兄ちゃんの言ってたとおりになるといいな～）

　そう願いながら目を閉じた。


　あれは前に、エリザベスパパたちの家へ行ったときのこと。

「さ、テンもここで、みんなと遊んでてね」

　そう言うと、寧くんがリビングへ連れて行ってくれたから、僕はナイト兄ちゃんたちが来るまで、こっちの家で遊んでることになった。

（わ～い！　みんないる）

　寧くんはいつもニコニコしていて優しい。

　でも、寧くんだけじゃないよ。

　ここの家の人は、み～んなキラキラで優しくて、楽しいんだ。

　うちのパパさんも、いつも「素敵な人たちだね」って言ってる。

　特に旬くんは双葉くんが大好きで、たまに僕のことを抱っこして「好きだよ、双葉！」って、間違える。

　なんで？　って思うんだけど、ママが「黙ってよしよしされてなさい」って。

よくわかんないけど、きっと僕にまで言いたくなるくらい、双葉くんが大好きなんだろうなっていうのは、わかる。

ときどきパパさんも僕のことを抱っこして、天国にいる写真のママさんのお名前を呼んでるからね。

「えいちゃ」

「パウ！」

「テン」

「パウパウ！」

「すごい！　ちゃんとわかるんだ」

「エイトもテンもいい子だね～」

そして、僕たちといっつも遊んでくれるのは、七生くんや武蔵くん、樹季くんやきららちゃん。

でもって、僕たち全員をしっかり見ていてくれるのが、エリザベスパパと士郎くん。

双葉くんや充功くんも家にいるときは遊んでくれて、リビングダイニングはいつも賑やか。

このお家、大好き！

もちろん自分の家も好きだけど、ここに来るといつもみんながいて楽しいんだ。

これから鷲塚さんがナイト兄ちゃんも連れてきてくれるしね！

――ただ、みんなと会うと、どうしても思ってしまうことがあった。

（どうした、テン。なんか元気がないぞ！）

（エイト兄ちゃん。僕もみんなと一緒にいたいよぉ）

そう、これ。

僕はエイト兄ちゃんが聞いてくれたから、思ってることを言っちゃった。

（テンはママと一緒にいるだろう）

（そうじゃなくて、ぜーんぶ！　兄ちゃんたちやパパたちも一緒に、ぜーんぶ、みんなと一緒がいいよぉ～）

もちろん、それは無理。僕のわがままだってわかってる。

ママと一緒にいられるだけでも、十分すごいこと。

だって僕たち兄弟は、すぐにパパやママみたいに大っきくなる。

25キロを超えるのもあっという間だねって、旬くんやパパさんも言ってたし。

春を過ぎて夏になる頃には、もっとドン！　秋になって一歳になる頃には、更にドドンで、パパも僕らも似たような大きさになる。

集まっただけで、すごいことになっているかもしれないし、こうやってお部屋で遊ぶのだって駄目になっちゃうかもしれない。

それは、大っきなエリザベスパパとエルマーママだけを見ていても想像ができるし、リビングは、ソファとテーブルと僕ら五匹でいっぱいになっちゃうだろう。

あ、七生くんたちは僕等の背中に座ってたらいいかな？

けど、それでもいっぱいになっちゃうよね？

（五匹並んで伏せたら、犬布団だよ）

すると、ショボンとした僕に、エイト兄ちゃんが言った。

（うーん。そうだ！　みんなで一緒に住めばいいんだ！）

（みんなで一緒に？）

（うん！　うちのおじいちゃんが家をレノベーションしたら、寧兄ちゃんときららパパが結婚して、一緒に住めるんだって！　だからきっとテンたちも一緒に暮らせるよ。だって旬兄ちゃんも双葉兄ちゃんと結婚するはずだ！）

――え？　そうなの？

きららパパが寧くんと一緒になるのは、エリザベスパパも言ってたけど、旬兄ちゃんも双葉くんと結婚するの⁉

そしたら僕達も一緒について来られるの？

やったー!!

（そうなんだ！　そういえば、お兄ちゃんたちいつも一緒にお勉強してるもんね！　たまにチューも！　あれってレノベーションして結婚するってことだったんだね！　あ……。でも、そしたらナイト兄ちゃんは？　ナイト兄ちゃんだけ離れてるのは、寂しいよ？）

（鷲塚さんは最初からここにいるようなもんじゃん！　きららたちが来たら、きっとナイトを連れて引っ越してくるよ）

それからもエイト兄ちゃんは、バンバン僕の「いいな」を叶えてくれた。

レノベーションって、そういうことだったんだ！

（そしたら、獅子倉さんも来るかな？　獅子倉さんもいっぱい遊んでくれるよね）

僕はもっと聞いてみた。

なんかいっぱい叶いそうでしょ！

（うん。きっと来るよ！　それに、ここところおじいちゃん家の裏って、まるっと空き地だし。たまに車が止まるだけで、何もなくて広いじゃん！　そこに大きなお家を建てたら、みんな、みーんな一緒にそばで暮らせるよ）

（わー！　それすっごいね。楽しみ！）

すると、ここでピンポンって音がした。
鷲塚さんとナイト兄ちゃんだ！
「パウパウ」
「パウ！」
僕は喜び勇んで玄関まで走った。
（聞いて聞いて、ナイト兄ちゃん！）
そしてこの嬉しい話を、早速ナイト兄ちゃんにも話した！
（いいな、いいな！　それいいな！　裏のところに大っきなお家！）
ナイト兄ちゃんも大賛成だった。
（だよね！）
（――ね！）
このあとも、僕らは大っきなお家の話で大盛り上がりをした。
裏の空き地に大っきなお家。いいな！　って。
（パウパウ～っ。みんないっしょ～っ。パウ～っ）

僕はあのときの話を思い出すと、自然と四肢がパタパタ動く。
みんなでワイワイ走って遊ぶ姿を思い浮かべながら、でも眠たくなってきた。
と、そのときだ。
（――!?）
遠くのほうから、エイトの声が聞こえた？
「！」
ママにも聞こえたのか、パッと立ち上がって耳を澄ませる。
僕もママと一緒に耳を澄ませて、一生懸命エイトの声を聞いた。
すると、近所の犬たちまで遠吠えを始める。
（え!?　寧くんが！　大変、双葉くんに知らせなきゃ!!）
どうやら向こうのお家で大変なことになってる。
僕は慌てて寝床を飛び出して、双葉くんのところへ向かった。
（双葉くん！　双葉くん!!）

＊双葉、十八歳の願い＊

隼坂が風呂の用意をしにいく間に、エルマーとテンが寝床へ行ってしまうと、リビングダイニングは一気に静かになった。

だからだろうか？

俺、兎田双葉は、急に胸の鼓動が激しくなってきた。

（意識しすぎだって。けど、な――）

でも、それもそのはずだった。理由は明確だ。

エルマーやテンがいるとはいえ、今夜は隼坂の家に二人きりだ。

隼坂のお父さんは今朝から出張で、帰宅は明日の夕方らしい。

そして、それが発覚したのは、高校の友人たちが「塾へ行く前の二時間くらいで悪いけど」って言いつつも、俺の誕生会をするのに集まってくれた帰り道のことで……。

〝――え、出張？　そしたら今夜は、隼坂とエルマーたちで留守番なの？　それって明日の朝とか平気なの？〟

このことは、特に何を意識したわけでもなく、話の流れで出てきたことだった。

だからこのときまで隼坂も、お父さんが留守ってことは口にしていなかった。

〝ああ。まあ、寝坊さえしなければどうにでもなるよ〟

〝そしたら、犬と一緒に俺の家へ来る？　子供の留守番じゃないのはわかってるけど、何があるかわからないし。それに、朝一人で起きて、犬の世話をしてから学校へ行くって大変だろう。少なくとも朝食の支度はしなくてすむ〟

俺は思いつくまま提案をした。

単純に、学校へ行く支度をして家へ来れば朝寝坊はしないし、朝食は用意される。

うちから登校するにしたって、エルマーとテンは帰りまで家にいても、隣にはエリザベスたちもいるから心配ない。

そのほうが隼坂のお父さんも安心だろうと考えたからだ。

まあ、これに関しては、俺が深夜に一人きりで家にいたことがないから、それは大変だって感じただけかもしれないが。

〝初めてって訳でもないから平気だよ〟

〝そっか？　でも、夜中にいきなり何かあってもな――、って。俺のほうが心配になってきた。あ、そうだ。そうしたら、俺が泊まっていけばいいのか〟

〝兎田が？〟

〝うん。確実に朝起こして、朝食の支度を俺が引き受けたら、楽にはならなくても、いつも通りに家を出られるだろう〟

〝それはそうだけど――〟

ただ、早坂自身は、お母さんが亡くなってから、こうした留守番をすることには慣れていたんだろう。

俺が「名案だろう」とばかりに泊まりを決めると、かなり驚いていた。

同時に少し焦っているようにも見えたが、このときの俺は（珍しく、部屋が片付いてないのかな？）くらいにしか思わなかった。

なんなら掃除もしてやるか――って。

〝じゃあ、決まりな。そしたら俺、家に連絡しとくから。あ、ただし、俺は朝食の支度をしたら一度家に帰るから、自転車だけ貸してね〟

〝あ、ああ〟

そうしてまずは隼坂の家へ行くと、俺は報告の電話をかけた。

こうは言っても、万が一父さんや寧兄の帰りが極端に遅くなるとか、そもそも帰れなくなったって知らせが来ていたら、さすがに俺が戻らないと——と、思ったし。

そのときは、隼坂がなんと言っても、エルマーたちとセットで家に誘導。弟たちだけだと逆にね——って理由を付けて、泊まってもらえばいいかとも考えたからだ。

けど、父さんも寧兄も特に予定の変更はなく、電話に出たのも士郎だったが、快く了解してくれた。

それどころか、「そうしたら、今夜分の問題集はメールで送っておくね」まで言われて、俺は内心（さすがすぎて言葉がないや）なんて思ったほどだ。

士郎さまさまだな——って。

しかし、これなら毎晩している復習もできるし、寝るまで隼坂と一緒に勉強会もいいな、合宿みたいだなって楽しくなっていた。

隼坂のサポートをしつつ、毎夜のルーティンも変更なしでいけるなんて、ラッキーの何ものでもないなって。

だから、俺が泊まりを言い出したときから、なんか隼坂の様子が普段と違うことに対して、深く考えなかった。

それこそ宿泊決定！　ってなって、俺が士郎からメールを受け取っている間も、

「そうしたら、まずは二階に布団の用意をするね。あ、着替えもか。お風呂も入るよね？」

やたら忙しく動き回っていたんだけど、俺はと言えばテンが「遊んで～」ってボールを持ってきたから、「よーし」って遊んでやっていた。

なんならエルマーも遊ぶか？　って、もふもふ撫で回しながら。

エルマーはエリザベスより一回り小さいんだけど、毛がさらっさらで、目鼻立ちも整っていて、「本当、美人だよな～」って、言いながら。

「ごめん、兎田。来客用がないから、パジャマは僕ので。脱衣所に、バスタオルなんかと一緒に置いておくから」

とはいえ、さすがに鈍い俺でも、パジャマを手に横切っていった隼坂を見た瞬間、ハッとした。

ここで気づくか、俺！　って、自分でも突っ込みたくなったが……。

俺がノリで作ってしまった二人きりの時間は、彼氏の家で初めてのお泊まりだ。

それも俺の誕生日の夜に――という、けっこう重要なシチュエーションまで含んだ、ある意味なんかしちゃっても〝記念日〟的な免罪符《めんざいふ》が与えられている日だからだ。

「あ、ああ。ありがとう」

すると俺は、急に緊張してきた。

自然と声がうわずってくる。

(なんだろう、この無駄にドキドキしてるのは。俺たちはまだ、そんなことするつもりはないし、受験が終わるまでは考えないようにしよう——みたいなことになっているのに)

人間、不便なもので、一度意識し始めると、頭の中がひとつのことでいっぱいになってしまうことがある。

——そんなことになったらどうしよう。

そう思うからこそ、そうならない理由や言い訳が、次々と湧き起こってくる。

(隼坂は俺の同意もなしに、勝手に盛るような奴じゃない。でも、それで俺までその気になっちゃったら、わからないか？　あ！　そうだ。士郎から送られてきた問題集！)

結局のところ、相手よりも自分自身の行動や感情が一番読めない上に信用ならないから、不安になるんだろうが——。

それでも俺は、スマートフォンを手に取ると、さっき言っていた士郎からのメールを画面に開いた。

士郎からのメッセージに、添付されてきている問題集の画像に目を通す。

(うおっ！　また今夜は、気合いの入った過去問選抜集だな)

するると、瞬時に緊張や不安の理由が変わった。

こう言ったら申し訳ないが、士郎が気を利かせて「二人でやっていたら捗《はかど》るかもしれないから、一応二日分添付しておくね」ってしてくれたのが、俺に冷静さを取り戻させた。

（よしよし。隼坂にしても、士郎から問題集が二人分送られてきたって言ったら、そりゃ大変だ。自分もやらなきゃ！ってなるよな。何せ士郎からだしな、士郎！）

だからって、こんなときに何度も弟の名前を繰り返すのは、士郎自身からしたらそうとう失礼な話だとは思うが――。

（でもな……）

ただ、冷静になったらなったで、俺は今一度この状況に対して、何が正解なのかを考え始めた。

（もし隼坂が、すでにその気だったりとかしたら……。そもそも、俺が誘ったみたいなことになってるしな）

すると、風呂場のほうから隼坂が戻ってくる。

「兎田。お風呂、お湯を入れたから先に入っていいよ」

「――あ、ああ。ありがとう」

返事をする俺の手に力が入ったからか、隼坂がスマートフォンに目を向ける。

「士郎くんからの問題集は届いたの？」

「バッチリ、二人分あるよ」

「それは――、ちゃんとやらなきゃね」

一瞬言葉を詰まらせるも、隼坂は勉強会への誘いに同意した。

小五から送られてきた問題集に、難関大学を目指す高校三年生が揃ってひれ伏すって、どうなんだ？

でも、これが我が家で育った俺であり、俺と付き合ううちに感化されてきたかもしれない、今の隼坂だ。

「それ、僕のアドレスに転送してくれる。お風呂の間に、プリントアウトしておくから」

「よろしく」

それでも普段に比べたら、ぎこちない会話だった。

けど、俺が士郎から添付されてきた問題集を転送すると、受け取った隼坂はそれをスマートフォンで確認しながら、フッと笑って溜め息を漏らした。

その後は俺を風呂に促して、二階へ上がっていく。

（もしかしたら、隼坂も〝助かった〟って思ってる？　実は、ちょっと意識したけど、受験が終わるまでは今のままって決めたしなって。万が一、そんなことになったら、明日か

らどう対応していいのかわからないしなって）

俺は、その足で風呂場へ向かうと、家と同じで洗面所と洗濯機置き場が兼用になった脱衣所へ入る。

洗濯機の上には、洗い立てのタオルとパジャマ、そして買い置きしたまま封も切られていないボクサーパンツが置かれていた。

「……」

俺は、ふとパジャマに手を伸ばした。

サイズはそこまで変わらない気がするが、身長となると俺より隼坂のほうが高い。

だからといって、少女漫画で見るような〝彼シャツ〟レベルで丈が合わないなんてことは考えづらいが、どうにも「肩が落ちたらどうしよう」だとか「洗ってあるけど、でも普段はこれ着て寝てるんだよな」とか考えてしまう。

自分でもけしからんとわかっているが、ピンクがかった妄想が芽生《めば》えて、頭に渦巻く。

（寧兄は、いつもどんな気持ちなんだろう？）

挙げ句、救いを寧兄に求めるって、最悪だ。

こんなの兄弟でも聞けないよ、遠慮しろよって話だ。

でも、考えるまでもなく、寧兄と俺はただいま初恋真っ只中ってことに変わりはないけど、相手の鷹崎さんと隼坂とでは、経験値が違いすぎるよな？

それも雲泥《うんでい》の差とかそういうことじゃなく、0か100かって違いだから、こうなると俺たちこれからどうするんだ⁉　って状態になっても、不思議じゃない。

むしろ俺は「どうしたらいい？　寧兄！」とかって聞けるけど、隼坂は誰にも聞けないよな？

それこそ俺を〝彼女〟と仮定して相談するならできるだろうが——。

でも、だとしたって、隼坂にそんなことが聞ける友人知人がいるようには思えない。

少なくとも、俺は知らない。

見たことがない。

「兎田」

「っ⁉」

——と、いきなり隼坂が脱衣所の扉を開いた。

まだ脱いでなかったけど、心底からビビって俺は振り返る。

(え⁉　いきなりの展開？　このまま一緒にお風呂入ろうとか、そういうこと⁉　そこから始まっちゃうのか⁉)

一気に顔が赤くなったのがわかる。

心臓がバクバクして、口の中が乾いてきて、ちょっと手先も震えている？

「ごめん……。なんか、このまま自分があれこれ考えているうちに、変な態度をしたり、兎田に不審がられたりしたら、それは嫌だから――。今の僕の気持ちを正直に伝えようと思って」

――来る？

「え、ああ。何？」

――来る？　来る!?

「今夜。兎田を抱き締めて寝たら、どんなだろうって想像をしたら、それだけで心拍数がマズいことになってきた上に、今夜はよくても明日からどうしたらいいんだってところまで思って、息が止まりそうになっちゃって」

――やっぱり来るのか、隼坂っっっ！

「だから、士郎くんから僕の分まで問題集をもらってくれて、ありがとう」

（っ!?）

……来るには来た？

けど、何かが俺の横を通り過ぎていった？

「え？」

俺はバクバクしていた心臓が、士郎の名前を聞いた途端に、ドキドキぐらいにレベルダウンしたのを実感した。

思わず首を傾げて聞き返す。

続きの説明を求めるように――。

すると、隼坂は改めて頭を下げてから、

「ヘタレでゴメン。でも、兎田も少しくらい僕と似たようなことを考えたんじゃないかなって、気がして。それで士郎くんから二人分の問題集を、わざわざもらってくれたんじゃないかなと思ったから。でも、こんなことを考えている時点で、僕は顔に出たり、絶対態度にも出たりする性格だろう。それで、どうしようと思って、鷹崎さんにメールをしたら〝今の僕の気持ちを正直に兎田に言ってみたら、それが一番いい結果に導いてくれるんじゃないかな〟って――」

(は――、そこ⁉)

よりにもよって、そこへ行ったのか、お前っっっ‼　みたいなことを、照れ笑いしながら放してきた。

やばい！　想定外すぎて、俺の思考がまったく追いつけない。

「えっと。この状況を――、鷹崎さんに説明して、答えを求めたのか？」

そりゃ、（どうしよう！　寧兄）とか思っていた俺が、言えることじゃない。

内心でも、口にしなくても、実際聞いてなくても、責められることではないと思うが。

それにしても「そこ⁉」って、百回くらい聞きたくなる。

しかし、俺に対して隼坂は、クスクスっと笑って――。

「だって、他にいないから。僕らのことを知ってる人たちって。さすがに、寧さんに聞くのは違うだろうし。――駄目だったかな？」

さも正論、これが正解、これ以外に答えがあるなら言ってみてよって顔で、俺に聞いてきた。

この時点で俺はもう、降参だ。「そこ？」って聞いたら、「そう、ここ！」って、まったく悪気なく返ってきたからだ。

「あ……、うん。そうだよな。そういうことになるよな。ここで誰かを頼ろうとしたら。信頼できて、経験者で、何より俺たちのことを知り尽くした上で、的確な答えをくれる人ってなったら、もう鷹崎さんしか浮かばないもんな」

「――だろう」

しかも、自分で言ってて、どんどん納得してくる。

俺にとって寧兄が頼れる先駆者なら、隼坂にとって鷹崎さんが先駆者なだけだ。

突然、こんなことを相談された鷹崎さんが、今頃どうなっているのかはわからないし、もしかしたら一瞬くらいは混乱したかもだけど——。

でも、「答えは二人の中にあるんじゃない？」みたいな返事だし、きっと今頃は明日のことでも考えていそうな気がする。

隼坂の気持ちを知った俺が、そこからどうするのかはわからないだろうけど。

鷹崎さんの性格や仕事上の立場からしたら、ありとあらゆるパターンを想定して、どう転んでも的確な対応を用意してくれそうだから。

そう思ったら、滅茶苦茶安心してきた！

でも、だからかな？

こうなると、１００％「ああ、よかった」「助かった」と思えないのが俺の悪い癖だ。

ヘタレてビビってるのは、俺も一緒だけど——。

でも、明日のフォローが期待できるってわかったら、好奇心がむずむずと……。

こういうときの俺は兄モードではなく、完全に目上任せな弟モードだ。

いきなり「明日は明日の風が吹く」みたいな気持ちが起こって、隼坂のほうをチラッと見たりした。

隼坂の瞳に映った俺が、自分でも見たことのない表情を浮かべている？

思わせぶりな目つきをしていて――、悪そう。

「……っ!?」

これってやっぱり、挑発になっちゃうのかな？

いきなり隼坂が俺の腕を掴んできて、自分のほうへ抱き寄せた。

「兎田。今の目は、ずるい」

呟いた唇で、俺の唇を塞いでくる。

（……っ、隼坂）

ビックリしたのは、一瞬だけだった。

キスだけなら、もう経験してきたし。

さすがにその先ってなったら、まだ早いかなとか、怖いかなって思うけど。

キスだけなら、いいよな――って気持ちになって。

今日は俺の誕生日だし、このあとは勉強もする。

なんなら士郎に追加の問題も送ってもらうし。

だから――、ほんの少しだけなら、いいよね？　って。

「好きだ、兎田」

「俺も……。隼坂のことが、好き」

これまでより少しだけ、深いキスとかも、ありだよね？

俺は、自分からも隼坂の肩に両腕を回して、抱き付いた。

（隼坂……っ）

瞼を閉じて、唇を開いて、強引にでも潜り込みたがっていた隼坂の舌を受け入れ――。

「パウパウ！　パウ!!」

――が、そこへいきなりテンが飛び込んできて、足元で吠えかかってきた。

「っ！」

危うく隼坂の舌を噛みかけて、俺は咄嗟に身をひいた。

それでも少し、引っかけちゃったかな？

隼坂が微かに「痛っ」って口走った気がした。

「パウパウ！」

「――っ、テン？」

それでもテンは吠えてきた。

「どうした、テン」

「パウパウ！　パウ!!」

普段は大人しいテンが、俺のズボンの裾に食いついて、ガンガン引っぱる。

「いや、ちょっと待って。え？　どうして、俺に用事っ？」

「テン、ストップ！」

どうしてターゲットが俺なのか、まったくわからないまま、脱衣所から出される。

隼坂も困惑気味にテンを制するが、そこへ更に俺たちを驚かせたのは、いきなり聞こえてきた遠吠えだ。

「オンオン！　オオーン」

「何？　あれ、近所の犬？　それとも裏山の野犬たち？」

「バウン、バウ～ンッ！」

「エルマーまで!?」

そこへエルマーまで応えるように吠えたものだから、一瞬だけど俺の頭に嫌な予感が走った。

（エリザベスに何かあったのか!?）

すると、それを裏付けるように、にゃんにゃんのメール着信音が鳴る。

俺のスマートフォンからだった。

「ごめん、隼坂。家からメールだ。確認させて」

「わかった。エルマー。テン。伏せ！」

隼坂は俺に頷いて見せながら、まずは二匹を大人しくさせる。

（――え？）

だが、俺にメールをしてきたのは、充功だった。

〝急にごめん！　リビングで寧がぐったりして、倒れてるのを見つけた。今、士郎が確認してる。またメールする。以上！〟

「寧兄が倒れた!?」

俺は声を上げると、迷うことなく〝今すぐ帰る！〟と返事を打った。

そして、

「ごめん、隼坂！　寧兄が倒れたみたいだから、自転車貸して！」

急なこと過ぎて、胸が苦しくなってきた。

目頭がバッと熱くなって、今にも涙が溢れそうな勢いで感情がおかしくなっているんだけど、まずは移動だ。

（帰らなきゃ――。寧兄っ。寧兄っ……っ）

俺は、言うと同時に玄関へ移動する。

「え？　それならタクシーを呼ぶよ!?」

忙しない俺のあとを隼坂が付いてきて、靴を履く間に自転車の鍵を用意してくれる。

が、同時にタクシーとも言ってくれた。

手にはスマートフォンも持っている。

「いや、この距離なら突っ走ったほうが早いから――、ありがとう！」

「そうしたら、僕もあとから追いかけるよ」

「悪い！　それは俺が家に着いてから決めて！　大したことないかもしれないし、病院搬送《はんそう》かもしれない。とにかく状況がわかってから連絡するから」

俺は、とりあえず隼坂だけでも落ち着いてもらいたくて、間を置くように頼んだ。

寧兄の状態によっては、俺のほうがどうなるかわからなかったから、その不安もあってのことだ。

「わかった！　夜道だし、くれぐれも気をつけて。ライトも付けるんだよ」

「ありがとう」

そうして俺は、隼坂から借りた自転車で飛び出した。

（寧兄！　寧兄!!）

隣町とはいえ、隼坂家は俺の家寄りだから、自転車をかっ飛ばせば、何十分もかかる距離ではない。

途中、どうしても渡らないといけない横断歩道の信号で停止を強いられなければ、幼い頃から弟たちを乗せたママチャリで鍛《きた》えた俺の足だ。十分もかからない！

（――ごめん！　普段から無理させて。なんだかんだで、寧兄に甘えて。でも、考えたら、父さんが倒れて入院したくらいなんだから、寧兄だっていつ倒れたっておかしくないくらい、毎日家事に仕事に育児で大変なのに！　土日だって、ないも同然なのに!!）

ただ、そんなことよりも俺は、今にも溢れそうな涙で視界のほうがヤバかった。

自分のほうが事故ったら洒落にならないのに！

（もう、やだ！　こんなの嫌だ！　鷹崎さんには悪いけど、さっさと寧兄と結婚して、専業主夫にしてほしい！　やっぱりいくら若くて体力があっても、大家族の家事育児と仕事の兼業って異次元なんだよ！　ここまでやってこられたことがすでに奇跡で――。それだって、子供の頃からの家事育児のスキルや慣れがあったから、母さんを亡くしたばかりで父さんがぶっ倒れたときよりは大分楽になったのを〝これならいける〟って勘違いしてただけで……。普通に考えて、子供六人を父さんと長男が働きながら面倒見るって、苛酷《かこく》でしかないんだ！）

おそらく俺は、過去最高のスピードで自転車を漕ぐと、自宅へ向かった。

途中で車を追い越したから、制限速度をぶっ千切っていたかもしれないが、とにかくこれ以上、視界が歪《ゆが》まないうちに帰らなきゃ！　って、その一心で。

（俺も勉強するから。絶対に学費がかからないように、特待《とくたい》を取れるように頑張るし。それが駄目なら働くから！　大事な家族が過労で倒れるくらいなら、もう大学なんて、将来の夢なんてどうでもいいよ！　一番大事なのは、一番願っているのは、今この瞬間――家族全員が元気で健康でいられることだけなんだから!!）

そうして爆走したのち、自宅へ着いた。

玄関扉の鍵が開いていたからよかったものの、そうでなかったらぶち破っていたかもしれないほどの勢いで、リビングまで駆け込む。

瞬間、俺の両目からは、ボタボタと涙が溢れる。

「寧兄っ！」

「え!?　嘘、飛んできたのかよ!?」

すると、ソファ前でスマートフォンを手に、開口一番充功が叫んだ。

「双葉兄さん」

士郎もちょっとポカンとして、ソファの前で正座をしている。

その隣にはエイトとエリザベスがお座りをしており、リビングテーブルの上には血圧心拍計や聴診器、血中酸素濃度測定器が置かれている。家庭内レベルでの目安程度にしかならないが、子供が多いし、我が家にはこうしたものが昔から常備されているからだ。

だが、これらを見た瞬間、俺は心底から反省した。

（そもそもこれって、真っ先に俺が指示しなきゃいけないんじゃゃ？）

士郎がいたから全部やってくれたんだろうけど、俺――この調子で医学部を目指していいのか？

「え？　双葉？　どうして。隼坂くんは？」

そこへ、心許ない声を発して、ソファから寧兄が起き上がった。

俺は涙を拭いながら側へ寄って、士郎の隣に両膝を付く。

「置いてきたよ。ってか、病院は？　救急車は呼んでるの？」

――と、ここで寧兄が突然ソファ上で正座をした。

「え、ごめん！　そんな、大ごとになっちゃって。ちょっと、ソファで寝込んだみたいなんだけど、そのままずり落ちても気がつかなかったみたいで――」

説明しつつも、両手を付いて俺に謝ってくる。

「それを見たエイトがビックリして吠えて、更に駆けつけた俺たちがビックリして双葉や父さんに連絡を入れたんだけど――。この通り、寧はものの三分で蘇生《そせい》した。ゆえに、樹季たちも起きずに、この状況にいたる」

「ちょっと熱っぽいのもあったみたいだけど――。そこは寧兄さんが言うには、夕方にお父さんのお友達に偶然会って、銀座でご馳走してもらったから、興奮して平熱が上がったんだと思うって。今はもう、この騒ぎで逆に血の気《け》が引いたのか、平熱に戻ったよ」

そして、充功が「寧、大したことなく無事につき、安心せよ！」の続報メールを打つ準備をしていたスマートフォンを俺に見せつつ、寧兄の話の補足をしてくれて。

尚且つ士郎は、手に持っていた体温計を見せて、「大丈夫。安心して」って合図をしてきた。

でも、寧兄、その理由で発熱したの？

「そ、それって武蔵が、たまに起こすやつ？　というか、園児くらいの年の子が」

「――ごめん。そうだと思う」

ようは、知恵熱みたいなもの？

寧兄は、自分でもそうとう恥ずかしいんだろうけど、そのまま土下座するように頭を下げた。「合わせる顔がない」と言わんばかりだ。

「いや、でも――。それだけなら、よかったじゃん。なんかもう――、よかったよ！」

でも、脳内で救急車のサイレンが鳴り響いていた俺からしたら、「なーんだ」って思えることに、どれだけ安堵したかわからない。

しかも、これって俺だけではないはずだ。

家の外から車の扉が「バン」「バタン！」と続けざまに響いてくると、更にそこから玄関扉の開閉音が続いて、廊下を走ってくる足音が続いた。

「寧っ」

ダイニングから入ってきたと同時に、スマートフォン片手に血相《けっそう》を変えた父さんが現れる。

それを見た充功が「あ、さっさと送ればよかった！」と言いながら、スマートフォンの画面を弄《いじ》る。

「え？　お父さんいったい、どこにいたの？」

「お帰りなさい！　父さん、ごめんなさい!!　なんでもないです。元気です。お腹いっぱいで帰宅してうたた寝してたら、ソファからずり落ちても起きなかったみたいで——。倒れてません！　お騒がせしました!!」

そして、士郎に続いて寧兄が再び声を上げて、その場で土下座だ。

「え？」

当然これには、父さんも茫然と立ち尽くしていたが、それでも寧兄の説明を今一度自身の中で反復して、状況を確認したようで――。

「なんだ、それだけか。よかった！　もう、心臓が潰れるかと思ったよ」

ホッと胸を撫で下ろしたかと思うと、そのまま寧兄を抱き締めた。

それこそ武蔵や七生を抱き締めるみたいにして、「よかった」って。

でも、そりゃそうだ。何でもなかったなら、それに越したことはない。

俺だって、もう――気が抜けて、足腰に力が入らないよ。

「バウン」

「パウ」

エリザベスやエイトにしても、ようやくホッとできたみたいな顔をしている。

ほんの二十分もないような出来事だったけど、俺からしたら今後の夢や目標なんてどうでもいいくらいに感じた一大事だった。

(でも、だからって、このまま油断しちゃ駄目ってことだよな)

そして、ここへ来るまでに頭の中をぐるんぐるんしたことは、俺の中で大きくなることはあっても、小さくなることはなかった。

今回はたまたま食べ過ぎだの、知恵熱だのって話ですんだけど、寧兄の生活そのものがハードだってことは変わらない。

土日祝日なんて、ないも同然だし。これを機会に見直さなかったら、次は本当に身体を壊して倒れてしまうかもしれない。

そうなってからでは遅い。

(油断しちゃ、駄目だ)


その後、俺は隼坂にきちんと連絡を入れて、みんなが各自の部屋へ戻ったのを見計らうと、思い切って寧兄に話を切り出した。

寧兄には寧兄の夢や目標があって今の勤め先に入って、家事も育児も両立していることはわかっている。

けど、もう少し何かを減らすか、やめるかしなかったら、若さだけで乗り切るには、不安しかなかった。

これを機に、一度生活を見直してみようよ。

鷹崎さんにも相談してみようよ――って。

ただ、そんな俺に対して、寧兄は更にビックリするようなことを言い出して、改めて土下座をしてきた。

「え!?　寧兄、それ本当なの？」

今度は寧兄の自室だったものだから、まんま畳の上での土下座だ。

「そしたら一瞬とはいえ、熱が出て倒れるほど興奮したのって、実は俺たちのことを想像したからだったの？　その……、今夜にもどうにかなるんじゃないかとか、そういうことを心配して。あれこれ考えてたら、逆上《のぼ》せたみたいになって。気がついたらソファで果てて、そのまますり落ちていたと？」

これには俺のほうが、熱が上がってぶっ倒れそうだった。

でも、寧兄の立場に立って想像したら、そりゃあれこれ考えちゃっても不思議はない。そうでなくても、今夜は俺でもあとからハッとするくらいの言い訳やら免罪符になりそうなことが揃っていた。

それこそ、あそこでテンが飛び込んでこなかったら、キスから弾《はず》みがついて、大暴走していた可能性だってある。

決して、ないとは言い切れない状況だったんだから――。

「本当にごめん。結果的に俺が二人の邪魔をしたよね？　その上、こんな騒ぎになって、泣くほど心配かけちゃって。俺自身の健康まで心配させちゃって」

俺は何度も謝る寧兄に、申し訳なくて仕方がなかった。

寧兄の両手を取って、顔を上げさせる。

「いや、ごめん寧兄。これは、俺が謝らなきゃ。何にも考えないで、その場の勢いだけで、今夜は泊まりとか決めちゃって。寧兄に不要な心労をかけて――。健康を心配できるような立場じゃないよな」

――もう、情けないなんてものじゃない。

全部自分が原因だったなんて、穴があったら入りたいよ。

すると、寧兄が俺の手を握り直してくれた。

「双葉。そんなことないよ。心配してくれて、嬉しかったよ。これはこれで、ちゃんと考えるし、鷹崎部長にも相談するよ。ただ、やっぱり仕事は辞めたくないから、その上でどうしていくのがベストかなって、相談にはなると思うけど」

ちゃんと俺の心配事を受け止めてくれた。

鷹崎さんにも相談するって――。

決して「大丈夫」の一言では聞き流さないところが、やっぱり寧兄だ。

俺の大好きな――世界でたった一人の兄。

「それでも、今は士郎や樹季だって、けっこう家事を手伝ってくれるからね。双葉が思うより、俺はちゃんと休憩してるよ。そうでなかったら、それこそ鷹崎部長と宿泊なんてしてないし。でも、これって双葉や充功が俺たちのことを考えて、時間を作ってくれてる結果だろう」

「――寧兄」

「もう、すっごいフォローをしてもらってるってことだよ。すでに双葉たちにね」

しかも、これまでに俺たちが勝手にお膳立てしてきたことまで含めて、文句を言うどころか、感謝してくれる。

これこそが「休息の証だ」みたいに言われるとは思わなかったけど。

でも、そう言われたら、俺はいろんな意味で安堵できる。

お節介《せつかい》だと思われてなくて、よかった――とか。

鷹崎さんとの時間が、ちゃんと寧兄にとっての休息になっていたり、励《はげ》みになっていたりしてよかった――とか。

実のところ、最初にデートの時間が取れるようにお膳立てをしたのが俺だから、口にはしたことがないけど。寧兄が鷹崎さんのところから帰ってこなかった最初の夜は、喪失感みたいなものがすごかった。

七生が「ひっちゃひっちゃ」言ってたのを、宥めすかすので気は逸れたと思うけど。

それでも、七生だけは知っている。

俺が心底から、

〝黙れ、末っ子。焼きもちやいてるのは、お前だけじゃない。そもそも弟一番付きの俺が、この状況に何にも感じないわけがないだろう。俺のブラコン歴をなめんなよ〟

――って、真顔でボソボソ愚痴ったことを。

〝……っ〟

そして実際、七生がこれで黙ったことを！

願わくは、意味不明なことを言われて理解していないとか、丸ごと翌日には忘れて欲しいけど。

最初に七生が鷹崎さんに「ばいばーい」をかましたときには、「こらっ」と叱りつつも、若干溜飲《りゅういん》が下がったのは、墓場まで持っていく俺の秘密だ。

けど、誰も言わないだけで、充功や士郎も似たようなものだと、俺は思っている。

樹季や武蔵にしたって、理屈は抜きにしても、「なんか、ちょっと取られた気がする」って。

特に父さんなんて、絶対に一度や二度は母さんの遺影に向かって――とかね。

だから、そう考えると、今夜寧兄が俺のことを考えすぎてっていうのは、申し訳ないけど、かなり嬉しい。

隼坂にも悪いとは思うけど、これも墓場まで持っていく俺だけの秘密だ。

――って、結局自分のブラコン度合いを、改めて知るだけかよ!?

でも、こればかりはしょうがないよな――。

「あとはあれだよ。どんなに気をつけていても、風邪ぐらいは引いたりすることはあるだろうし、疲労が溜まることはある。誰にでもあることだから、考えすぎないようにして」

だって、寧兄はこんなに優しくて、弟思いだ。

一度だって俺たちを無視したことなんてないし、どんなことにもちゃんと耳を傾けてくれる。

その上、いつだって俺たちを守ってくれたし――。

それは昔も今も変わらない。

「俺は、これから父さんや双葉たちだけでなく、鷹崎部長やきららちゃんの健康管理もしていくんだよ。そしたら、真っ先に自分の管理をしなかったら、駄目だろう。だから。これまでにはないくらい、気をつけていくからさ」

俺は、寧兄に向かって、何度も何度も頷いた。

「――うん。わかった。ありがとう。でも、ごめん」

握り締めてもらった両手を引くことなく、そのまま何度も何度も。

「もう言いっこなしだよ。俺が双葉たちの大事な日をぶち壊したのは事実だし」

「そんなことないよ。こういったらあれだけど――。今夜のことは、あまりにも俺が何も考えてなさ過ぎて、実は隼坂のほうがドン引きしてたかもしれない。それくらい、出張しているお父さんに代わって、俺がフォローしてやるよって、軽いノリだけで泊まりを決めたから」

そうして、これだけは正直に伝えたかった。

今の気持ちを素直に、ありのままにっていうのは、鷹崎さんが隼坂にしてくれたアドバイスだけど。

それって、この場でも大切なことだと思ったから――。

「でも……。経緯はどうあれ、いざ泊まるってなったら、やっぱり変なことを考えたりとか、しちゃうだろう。俺もあとからそのことに気がついて、急にドキドキし始めてから、やっちゃった――って、思ってたところだったから。正直言って、帰る理由ができたのは、よかったんだと思う。寧兄さえ何でもなければ、隼坂だって同じことを思っているはずだよ。絶対に」

「双葉」

「ごめんなさい」

俺は、俺自身の浅はかさを吐露《とろ》した。

すると、寧兄が手を放して、今度は俺をハグしてくれる。

「もういいって」

背中を優しくポンポンってしてくれて。

小さい頃にしてもらったのと、まったく変わらない。

言葉にはならない安堵感に包まれる。

「でも、俺はまだこうしているほうが、安心してる。子供だね」

――ごめん、隼坂。

隼坂との抱擁《ほうよう》は、やっぱりまだドキドキやソワソワが勝つ。

もちろん、よこしまな考えがあるからだけど。

何にも考えないで、ただ安堵できるっていったら、寧兄だ。

朝は「何するんだよ」なんて言ったけど、これは充功も変わらない。

士郎も樹季も武蔵も七生も、そして父さんも。

俺はまだまだ家族から身も心も離れられない、子供ってことだ。

「それは俺だって、似たようなものだよ。でも、こういうのは、これはこれで、それはそれなんだと思う。俺にとっての鷹崎部長が、双葉にとっての隼坂くんが、大事なパートナーであることに変わりはないけど、生まれ育った家族は家族だし。安心できる相手がいるって、ただ幸せなんだと思う。恵まれてるんだなって、そういうことだと思うから」

そしてこんなときにも、寧兄は決して俺の言うことを否定しない。

むしろ、自分だって一緒だよって、同意してくれる。

「そっか。そうだよね」

「だから、これからもみんなで安心できるように、お互いに仲良くやっていこう」

「ん」

俺は、改めて自分からも寧兄に抱き付くと、力いっぱい返事をした。

そうして身体を放すと、照れくさくなって笑って誤魔化す。

けど、寧兄はそんな俺を真っ直ぐに見つめて——。

「双葉。お誕生おめでとう」

「寧兄」

「生まれてきてくれて、ありがとう。俺を双葉のお兄ちゃんにしてくれて、ありがとう」

俺の誕生日を祝ってくれた。

俺の誕生そのものを感謝してくれた。

（いきなり、ずるいよ！　一日に二度も泣かせないでよ、寧兄）

俺は、なんかもう、我慢ができなかった。

でも、我慢する必要はないよな——とも、思った。

別に、ここで泣いても恥ずかしいことじゃない。

むしろ、こんなふうに弟を泣かせる兄を持ってるって、最高の自慢だし俺の誇りだ。

「——っ。うん。俺も、ありがとう。寧兄の弟に生まれてよかった。俺を最初の弟にしてくれて、どうもありがとう」

俺は、俺からも改めて寧兄にお礼を言った。

感謝を伝えた。

そして、それから二人で手と手を握り合うと、すでに明かりの消えたリビングへ向かい、母さんにも手を合わせた。

俺に弟を産んでくれてありがとう。

俺を寧兄の弟にしてくれて、そして充功たちの兄にしてくれて、ありがとう——って。

9　二十三時の寧・きららからの伝言

気を取り直して就寝の準備を始めるも、俺は肩を落としていた。

（それにしたって、恥ずかしいよりみっともない……。本当にごめん、双葉。そして隼坂くん）

双葉が誕生会の延長から、今夜は父親が出張で留守の隼坂家に泊まると知った俺は、こともあろうか勝手な妄想がすぎて、心労から倒れた。

というか、気がついたら倒れていたというのが、正しいのだろう。

俺自身は（あああっ！）って頭を抱えている間に、意識がふわっとなって、そこから先の記憶が曖昧だ。

けど、その場に居合わせたエイトが、これを見て驚いたらしく、ワンワン吠えたものだから充功や士郎が駆け付けた。

するとリビングソファからずり落ちるようにして倒れていた俺を見つけて、軽くパニック。

それでもすぐに冷静さを取り戻した士郎が、俺の様子を見ている間に充功へ指示！

父さんと双葉にメールを送らせたから、これを見た双葉がまずすっ飛んで帰宅した。

それも隼坂くんの自転車を借りて、新記録じゃないかってくらいの猛スピードで。

そして、続けて父さんが帰宅。

あまりの早さに、途中でスピード違反でもしたのかと心配になったほどだが、父さんの場合は運転中だったので、その時点ではメールは読んでいなかった。

帰宅し、車を下りるときに気がついたらしく、それで慌てて家に飛び込んで来たという話だ。

いずれにしても、本当に恥ずかしくも情けない理由で、俺はみんなを驚かせてしまった。

しかも、すぐに気がついて大したことはないとわかっていたのに、父さんからは「念のために明日は医者へ」みたいな話までされてしまって……。

いっそう申し訳なく感じつつも、「知恵熱みたいなものだから、大丈夫だよ」と説明をして、納得をしてもらった。

〝知恵熱？　いったいなんの知恵を付けたんだい〟

〝それは――、内緒〟

〝まあ、大丈夫ならいいけど。気をつけてね。以前の父さんみたいに、いきなり入院なんてことになったら、大変だからね〟

〝はい〟

もしかしたら父さんは、俺がお仲間さんたちから「両親の馴れそめ」をけっこう細かく聞いたことで、頭に血が上った？　くらいに考えてくれたのかもしれない。

だが、それならそれで助かる。

双葉と隼坂くんの交際は、未だに当人たち以外は俺と鷹崎部長しか知らないことだ。

隼坂部長も、自分の息子が双葉を好きだというところまでは知っていても、まだ片思いだと思っている。

まさか、随分前から交際しているとは考えてもいないし、自分の出張中に双葉がお泊まりで息子もドキドキ――なんて、夢にも思わないだろう。

ましてや、その出張予定さえいきなりの変更になって、ホテルで偶然会った父さんに送ってもらうことになるなんて。

双葉と入れ違うようにして、帰ってくるなんて！

俺からしたら、ものすごい「セーフ」だ。

こうなると、今しばらくは受験勉強に専念しなければならない二人の関係は、現状維持でよかった。感情が高ぶり、勢いのまま――なんてことになるよりは、本当によかった！と思った。

そりゃ、絶好のチャンスだったかもしれないが。

お父さんが帰って来ちゃって、うわ――ってなるなら、俺が倒れたってことで中断するほうが、この先も気まずくないだろう。

隼坂くんにしても、「大したことがなくて、本当によかったです」と言って、こちらを心配したり、優先してくれる子だしね。

もっとも、双葉が言うには「充功からのメールに驚く以前に、突然テンが騒ぎ出したから、それどころではなくなっていた」みたいだけど。

今にして思うと、エイトがワンワンやったのが、テンに届いたのかもしれない。

たまにエリザベスが遠吠えをすると、エルマーも返事をするように遠吠えをしていることがあるらしいから。

まあ、どちらにしても俺としては人騒がせなことになってしまったが、結果だけで言うならばホッとしていた。

ただ、これで本当に体調を崩したら洒落《しゃれ》にもならないので、今夜はもう横になることにした。

枕元まで伸ばした充電器に、スマートフォンを置く。
（――電話？）
すると、着信と同時にスマートフォンが震えた。
俺は横になったまま手に取るが、かけてきたのは鷹崎部長だった。
すぐに上体を起こす。
（あ、もしかして充功のメール？）
俺はいつものように纏め送信で同じ文面を送ってしまったのかな？
そのメールに今気づいて？　なんて考え、すぐに出た。
「もしもし」
〝あ、寧か。今、大丈夫か？〟
――あれ？　違ったようだ。
鷹崎部長は普段通りの口調、声色だ。
ただし、あまりに普段通り過ぎて、寝る前のラブコールでもないこともわかった。
私用電話では滅多にないけど、もしかして明日の仕事のことかな？
「はい。大丈夫です。何かありましたか？　鷹崎部長」
〝いや、兎田さん……。帰ってから、きららのことで何か言ってなかったか？〟

仕事ではなかった。「寧」にかけてきたんだから、それはそうか。

ただ、まったく考えていなかった問いかけに、俺は父さんがきららちゃんを鷹崎部長のところへ送って行く途中で何かあったのか？　と、新たな心配が生じた。

俺が倒れたって知って、何か隠したか、それ自体を忘れてしまったとか？

「きららちゃんが、どうかしたんですか？　父さんからは、ちゃんと送ってきたからね。としか聞いてませんが」

〝そうか。実は、今日はいっぱいパパやママとお話ししたのって。その、寧の母親ともお話しできて、楽しかった――みたいなことを、帰りがけに話したみたいで。俺自身は今さっき、きららから聞いたんだが……。それで心配になって〟

ここまで聞いて、俺はピンときた。

これまでにも、きららちゃんからは、こうした話を聞いたことが幾度かあった。

霊感？　みたいなものが強いのか、夢と現実、または記憶が混在しているのか。

もしくは本人の想像力が逞しすぎるのか、実際のところはわからない。

けど、悪い話が出てきたことがないのは、俺も知っていた。

それもあり、ちょっと怖いけど、羨ましくなることもあった。

特に、母さんの話を聞くとね。

だからというわけではないが、俺はそんな話をしながら、きららちゃんとドライブした父さんの笑顔は想像できても、それ以外は思いつかなかった。

「そうですか――。でも、そこは心配ないですよ。こういったらあれですけど、そういう話には俺や鷹崎部長よりも、父さんのほうがもともと柔軟に受け止めるタイプだと思いますし。どちらかといったら、そうだねって、一緒に盛り上がっちゃったんじゃないかな？って気がしますが」

〝あ、そうか。そう言われると、兎田さんならあり得るか〟

鷹崎部長は、父さんに申し訳ないとか思ってしまったのかな？　って、口ぶりだったが、俺が説明すると、少しホッとしていた。

なので、俺はもう少し話を付け加える。

「はい。自分に見える見えない、聞こえる聞こえない、信じる信じないを問わず、まずは一度相手の主張を受け入れるのが身上だと、本人も口にしていたことがありますし。その影響なのか、うちはみんな。それこそ士郎なんかでも、そういう考えなんですよね」

〝士郎くんが？〟

話の矛先がズレた上に、士郎の話題だったからか、鷹崎部長の声が少し弾んだのがわかる。

「ええ。ただし、士郎の場合は〝科学的に〝ない〟と立証、実証できない限り、それは魔法でも何でも、一応存在は否定しない方向で考える〟のが常らしいです。ただ、仮にこれらを〝ある〟という方向で実証するなら、物理法則に従って再現性があり、また誰が何度やっても同じことができる状態でなければならない。ようは、全人類が同じノウハウで魔法を習得し、同じように使えなければ、科学的に実証できたとは言えないので。こうなると〝ある〟という仮設で捉えるにしても、それはごく一部の、限られた人の中にのみ起こる超常現象なんじゃないかで、受け入れているようです。――って、俺、ちゃんと鷹崎部長に説明できてます？」

　そして、更に俺が士郎の魔法やオカルト系に対する考え方みたいなものを説明すると、鷹崎部長がクスっと笑った。

　士郎がどうより、俺の言い方自体がたどたどしかったせいかもしれないが、それにしたって恐るべし十歳児――いや、十一歳児だ。

〝大丈夫だ。わかる。そして、士郎くんの物事を頭ごなしに否定しない根拠も明確だ。なるほど、科学的に否定できないが、肯定できるとも思えないから、超常現象か。ある意味、潔《いさぎよ》さを感じる。そして、こうなると兎田さんが理屈抜きな許容の広さと、それ以上の好奇心で、何事に対しても受け入れ万全だというのも理解できた〟

（よかった）

鷹崎部長の声がいっそう明るくなった。

きららちゃんからどんな風に説明されたのかはわからないけど、今回はよっぽどノリノリで話したのかもしれない。

それが鷹崎部長にとっては、普段とは違って聞き流せない感じだっただけで。

おそらくだけど、きららちゃんのご両親のことだけでなく、うちの母さんのことまで含まれていたから――。

「でも、鷹崎部長。父さんの場合は〝身内の言うことに限る〟かもしれないですよ。特に、母さんの話となったら、実績のある霊媒師《れいばいし》さんがあーだ、こーだ言ってきても、終始笑顔で聞くとは思えないですし。ただ、きららちゃんなら、どんな内容でも耳を傾けると思います。むしろ、母さんが自分にも話しかけてくれたらいいのにって、羨ましく思いながら。何せ、亡くしたショックから立ち直ったときのきっかけも、〝母さんが父さんの夢枕に立って応援してくれたから〟でしたしね」

〝そうか――〟

そう言って話を一区切りしたかに聞こえたときだった。

ほんの少しだけど、鷹崎部長が息を飲んだ？　止めた？　そんな気がした。

〟で、寧ならどうだ？〟

「俺ですか？」

〟そうだ。仮にその、きららが――お母さんから聞いたの、ウリエル様にもしてあげてね――って、俺に言伝《ことづて》してきたような話があったら、とりあえず聞くぐらいはするか？　信じる信じないは別にしても〟

俺の背筋が急に伸びた。

スマートフォンを握る手に力が入る。

そしてここまできて、俺は鷹崎部長の様子が変だったのは、父さんへの心配もあるが、俺自身へのそれもあったんだと気がついた。

「え!?　俺宛の言伝ですか？」

なんだかドキドキしてきた。

鷹崎部長が、ひとまず〟自分の中で話をもみ消さなかった〟ってところで、悪い内容ではないだろう。

ただ、それにしては、随分神妙な切り出し方だったから……。

〟ああ。寝る前になって、急に思い出したように、さっき兎田さんに言うのを忘れたから、俺から言っといてねって。ただ、その内容が、きららが勝手に考えたとも思えないもので。

かといって、信じがたい部分もあって〃

——ああ、そういうことなのか。

俺は、ますます緊張と好奇心が同じくらい湧き起こる。

「そうなんですね。でも、それなら尚更、俺は聞きたいですよ。いったい、どんなことだろう」

俺は、鷹崎部長に問う。

すると——。

〃夢は、もう一度自分の家族を持つこと。けど、それはもう颯太郎と寧が叶えてくれたわ。寧が生まれてきたことで、私と颯太郎を夫婦というだけではなく、家族にしてくれたからね〃

「え？」

俺は無意識のうちに、聞き返してしまった。

〃そうなるだろう。ただ、きららが言うには、そっちにいたときに、きららの夢はみんなで仲良く暮らすこと。それがもうすぐ叶うのよって話から、蘭ママは？　って聞いたら、こう答えたって言うんだ。それで俺も、さすがにこれはな——と思って〃

鷹崎部長は、俺の反応が自分と同じだったことに、まずは安心したようだった。

確かにこれは、内容がいいとか悪いとかではなく、動揺するだろう。

けど、俺には話を聞いたことで、動揺以上に湧き起こってくるものがあって……。

「夢。もう一度――、自分の家族を持つ……」


そう。だって、今朝方かな？

俺は久しぶりに母さんの夢を見た。

あれは七生が生まれてすぐのことだ。

同級生たちはこれから大学受験の本番に挑むってときに、まるで最終確認でもするように、俺に聞いてきたんだ。

〝今からでも遅くないわよ、寧。お金のことなら、母さんの虎の子があるから、心配いらないし。本当に大学で勉強したいことはないの？　仮になくても、そこでしか経験できないこともあるわ。なんなら、他の進路だって――〟

学歴がどうこうって気にする母さんではないが、それでも俺に大学へ行ってほしいというか、本当にやりたいことを遠慮せずにやってほしかったようだ。

ただ、俺自身は高校を卒業したら働くこと、自分の稼ぎで弟たちにお腹いっぱい食べさせることがこれまでの夢であり、また目標だったことから、西都《せいと》製粉《せいふん》への就職を選んだ。

すでに内定ももらっており、やる気に満ちていた。

〝大丈夫だよ。今の俺に、他の進路や選択はない。そもそも、考えてもみてよ。西都製粉って、東証一部上場の大企業、業界屈指《くっし》の製粉会社だよ。一流大学を出ていても入れるとも限らない会社に、俺は運良く今年からできたばかりの高卒枠で内定をもらえた。ものすごくラッキーなんだよ〟

〝それはそうだけど〟

〝母さんだって、社内割引きで買える自社製品のカタログを見たでしょう。近所のどんな特売より、安いんだよ。そりゃ手取りは大卒の方がいいだろうけど、七生が巣立つまでの我が家の食費のことを考えたら、絶対に高卒で入っても得しかないよ。だって、毎月マックスで社員割り引きを利用し続ける量の買いものができる家族がいる社員なんて、早々いないよ。西都製粉で考えたら、俺しかいないかもしれないでしょう！〟

これこそ、取らぬ狸《たぬき》の皮算用だったかもしれないが。

俺はこの時点では、自分が退職するまで自社割引きをフルに使ったら、どれだけお得だろうとしか、計算していなかった。

普通に考えても、定年までに最低四十二年あるわけだから、もうワクワクが止まらない。

これが毎月二人、三人分なら、そこまでお買い得は感じないだろうが、何せうちは八人だ。それも、男ばかりの七人兄弟で、ここから二十年は食べ盛りなちびっ子たちもいるわけだから、勝利に酔いしれていたと言っても過言《かごん》ではない。

何せ粉物《こなもの》、炭水化物は、食の中でも最低三割を占める。

他におかずになりそうな自社ブランドの食品だって出ているし、人間、衣食住が安定していれば、どうにかなるもんだ！

特に俺は、可愛い弟たちが無事に成長していくことが一番の楽しみと言っても過言ではなかったから、自分の手で食を確保できることに対して、ものすごい達成感や高揚感《こうようかん》があったんだ。

〝そっか――〟

結局は母さんも、俺の勢いに負けてというか、選択に一切の妥協がないことがわかって、納得してくれた。

〝そうだよね。あくまでも、寧の夢は、目標は一生家族が食うに困らない――だものね。けど、わかった。それならまずは頑張って！　よく考えたら、大学で学ぶってことに関しては、行きたい、行こうと思えば年齢は関係ないし。就職を考えるから、高校から大学って流れになるんであって。中には、就職してから、初めて学びたい分野に出会う人だっているわけだしね〟

そう言って、笑ってくれた。

で、俺はこんな話の流れから、ふっと思いついたように母さんに聞いた。

〝ところで、お母さんの夢ってどんなだったの？　それはもう叶ったの？　それとも、まだこれから？〟

〝え？　私？　そうね、私の夢はね――〟

ただ、答えを聞こうとしたところで目が覚めた。

実際そのときも、生まれたばかりの七生が泣いて、エリザベスが「よしよし」って言うように「バウ～ン」と鳴いたものだから、話は中断した。

俺も母さんもすぐに七生のところへ行って、あやしながら笑い合って、そのままこの話の続きがされることはなかった。

そして、その後に事故で母さんは帰らぬ人となった。

だから、未だに俺は母さんの夢を知らないし、もう二度と聞くこともできない。

母さんは――。

ううん。一人の人間として兎田蘭は、自分のための夢を見たり、それに向かったり、また叶えたりできたんだろうか？　って確かめることもできない。

それで今朝も俺は、思い出したように〝母さんは一個人に戻ったときに、ちゃんと幸せだって思えていたのかな？　夢や希望を叶えていたのかな？〃って、不安な気持ちになった。

そうでないままの他界だったら、あんなに一生懸命に生きてきたのに、哀しすぎるよ――と、思って。

それにも拘わらず、俺は帰宅すると同時に、双葉と隼坂くんのことで、頭がぶっ飛んでしまったわけだが――。

「夢は、もう一度自分の家族を持つこと……。それはもう父さんと俺が叶えている。俺が生まれてきたことで、母さんと父さんは夫婦というだけではなく、家族になった……」

俺は、鷹崎部長から聞いたきららちゃんからの言伝、母さんの言葉を自分なりに口にしてみると、次第に目頭《めがしら》が熱くなってきた。

〃ようは、前に見せてもらったことのある、アルバムがすべてを物語っているということだろうな。生まれたばかりの寧を抱き、見つめる兎田さんたちは、世界で一番幸せそうに笑っていた〃

すると鷹崎部長が、俺の気持ちを察してくれたのか、そんなことを言ってくれた。

「アルバム……」

俺は、家で一番古いアルバムの最初のページを思い出す。

これればかりは、長男の特権だろうと思うが、父さんと母さんを独り占めにしている俺の写真が貼られている。

でも、今日まであれが、母さんの夢を叶えた瞬間のものだとは、考えたこともなかった。

幼い頃に両親を亡くし、引き取ってくれる親戚もなかったことから施設に入り、その後は他人の中で育ち、生きてきた母さん。

だからこそ、父さんと出会って、恋をして、結婚して夫婦になったことで、母さんは新しい家族を手に入れた。

そして、俺が生まれたことで、今度は父さんと自分が両親となった家族の生活がスタートした。

幼い頃になくしたものを新たに手に入れ、まずは夢を叶えたんだ。

そしてその夢は、更に膨らんでいったのかな?

双葉が生まれて、充功が生まれて。

士郎が生まれて、樹季が生まれて。

武蔵が生まれて、七生が生まれて。

母さんの夢だった自分の家族は、大きな大きな形になった。

今の兎田家――大家族になった。

「……母さん……」

俺は、それからしばらくは溢れる涙を止めることができなかった。

鷹崎部長に「すみません」とだけ呟くと、嗚咽さえ漏らした。

（母さん――っ）

目頭だけでなく、胸も何も熱くて。

けど、それがとても嬉しいことで、安堵することで。

俺は、心の底からきららちゃんに、ありがとうって感謝した。

〝夢は、もう一度自分の家族を持つこと。けど、それはもう颯太郎と寧が叶えてくれたわ。寧が生まれてきたことで、私と颯太郎を夫婦というだけではなく、家族にしてくれたからね〟

そしてこれをきちんと言伝してくれた、電話越しにずっと俺の側にいてくれた鷹崎部長にも、心から感謝した。

10　零時前の鷹崎・週末の終わりに――

（こんなときこそ側にいたい。肩を抱いてやりたいと思うのに、もどかしいものだな）

寧との通話を終えると、俺、鷹崎貴はベッドへ腰を下ろして、今一度スマートフォンのメール画面を開いた。

今夜はいつにも増して、慌ただしかった。

会社で作業をしていたときのほうが、淡々としていたほどだ。

（それにしても、過ぎてみればなんというか。ただ、愛おしいと感じる出来事ばかりだな）

最初に俺を驚かせたのは、〝今夜は、どうしたらいいですか？〟という、隼坂くんからの相談メールだった。

彼には交際開始を報告されたときにも相談を受けたが、いずれも〝双葉くんと結ばれること〟に関してだ。

正直に言うなら、キス以上のことに関しては、俺自身もそうとう思い悩んだ。

結果としては、双葉くんたちの後押しもあり、そのためだけに二泊三日もホテルを押さえて、ことに及んだわけだが。

それは二人で一緒に過ごす時間を、どうやって捻出するかを考えたときに、そういう方法を取ったまでで――。

肝心な行為そのものに関しては、仕掛けてみるまで兎田の反応がわからなかったから、これればかりはその場になってみないと何一つ判断ができないというのが、俺の答えだ。

ましてや、いざ始めてみたら兎田の反応を気にする余裕があったとは思えない。

兎田自身は、

〝鷹崎部長の自制が利かなくなっているほうが、より愛されている気がして嬉しい〟

と言うが、十一も上の男がそんなことでどうなんだという反省は、未だに起こる。

そんな俺が、まったくの未経験者にできるアドバイスなど、あるはずがない。

逆に、理性のない経験談など語って、〝そういうものなのか〟と学習してしまったら、かえって大問題だ。

これればかりは二人で話し合うなり、一緒に調べてみるなりして、一生の思い出を作ってほしい。

なんの役にも立てなくて、申し訳ないが――。

しかし、そこは同級生カップルなのだから、どちらか一方が背伸びをする必要はないだろう。隼坂くんの〝細やかでもリードしたい気持ち〟はわかるが、俺に相談されると知ったときの双葉くんの気持ちを考えたら、ここは二人で話し合いが最善策な気がする。

もっとも、双葉くんの侮《あなど》れないところは、隼坂くんと一緒になって俺を相談相手と認知しかねないことだ。そこは俺の考えすぎであってほしいものだ。

たまに「ふふっ」と笑っている樹季くんが、「へへっ」という愛想笑いを浮かべる双葉くんと被って見えることがあり。そこへ樹季くんの「学校の支配者発言」を聞いたら、いっそう二人の印象が近くなった気がして。

いや、だから何が悪いというわけではないが……。何かこう〝油断ならない〟気がして、俺の中では目を離せない怖さと愛おしさが混在している二人だ。

まあ、ここは時間をかけて付き合えば付き合うほど、子供たちの個性や兄弟間での影響が見えてきたりするのだが――。

そう考えると、俺の中では最近士郎くんの眼鏡クイは、内面がわかりやすく、前ほどびくつくことはなくなった。

充功くんはもとから開けっぴろげでわかりやすいし、七生くんは兄たちのいいところを総取りし、これらをフル活用する力を潜在的に持っている。

ただ、こうなると一番普通に素直で安心感漂うのが武蔵くんだが、それだけに見落としがちな部分があるので、やはり意識して見ていなければと思わされたことは多い。

ようは〝この子は大丈夫〟〝安心していい〟などと過信していい子供など、どこにもいないことを、兎田家の子たちはそれぞれの個性をもって俺に教えてくれたのだ。

そしてそれは、大人が相手でも大事なことで、部下を持つ俺にとっては、忘れてはならないことの一つだ。

いくつになっても個人は個人。社会に出たからといって、自我を失うわけではない。

周囲に合わせることが苦手な者も、逆に上手く馴染むのが得意な者も、それ故の自我をもって生きている。

これを互いに、または自分だけでも尊重する気持ちを常に維持しなければ、何をするにも上手くはいかない。誰だって自分を認めない、理解し受け入れない者に対して、心から協力したいとは思えないだろうから。

ただ、そこは逆もしかりだ。どんなにこちらから歩み寄っても、どうにも足並みの揃わない相手は出てきてしまうし、誰もが万能ではない。

けど、こうした相手に対する対応や割り切りが徹底しているのが、兎田さんであり寧だ。

また、そうした二人を見て育っているためか、双葉くんから武蔵くんは、去る者は追わずが自衛として身についている。

七生くんにしても、保育園に行き始めたことで、これが身につくのは時間の問題じゃないかと思うが、俺からすると感心を超えてもはや尊敬しかない部分だ。

（――あ、思考が脱線してる。兎田家の顔ぶれを思い浮かべると、いつもこうだ。至福と同時に、ものすごく学びを意識し、また生きる上での強さを自然と考えさせられる）

俺は、メール画面をスクロールした。

その後に届いたのは、寧が倒れたことを知らせてきた、充功くんからのもの。

受け取った瞬間、心臓が止まるかと思った。

だが、すぐにでも車を出そうと準備をしていたら、十分も経たないうちに、お騒がせしました。寧は寝落ちしていただけでした!!　という報告メール。

そうかと思えば、双葉くんが急いで帰ったら、出張が中止になった父親が帰宅し、パニックの度合いが半端なくなった隼坂くんからの続報だ。

なんでも、うちをあとにした兎田さんが、行き先で隼坂部長とばったり!?

どうやら取り引き相手に振り回されて疲れ果てていたらしい隼坂部長を心配し、その場で帰宅を選択。車で家まで送って行ったようだ。

俺は、これらの状況には、何一つ関与はしていないのだが――。

分刻みで送られてきたメールから、それぞれの立場に立って考えると、背中に冷や汗しか流れなかった。

時に隼坂くんと双葉くんからしたら、一生忘れられない日になったことだろう。

しかも、これらを見終わったあとに、重すぎて？　迷惑メールフォルダに弾かれていただろう獅子倉からの子牛とのツーショット写真付きメールに気づいたものだから、俺の心情はもうジェットコースターだ。

〝以前、竜巻で俺の車に飛ばされてきた雌牛の孫にあたるモー美だ。可愛いだろう！〟

一瞬だが、奴の過労やホームシックを心配したが、同じものが兎田家や鷲塚、境にも送られていたことを知ると、かなりホッとした。

——なんだ、子供たち用のネタを、ついでに俺たちにも回してきただけか、と。

ただし、大人同士で返事が飛び交うメールの中に、虎谷専務の私用アドレスが入っていたのを見つけたときには、何がどうしてこうなっているのかさっぱりわからずに、俺はメールを数度見返した。

すると、そんな彼から俺個人に宛たものも届いており、

〝今日はツーリングで完さんとも一緒になったんだが、夕飯後にばったり兎田さんと会った。話の流れから、鷹崎と息子さんのことは俺も祝福しているからって伝えたら、かなり

混乱されたので、何か聞かれたらフォローを頼むな！　代わりにお前の、若かりし頃のキャバクラ豪遊写真は、消去しておいてやるからさ！〟

俺は二、三分脳死したんじゃないかと思うくらい、血の気が引いた。

内容が恐ろしすぎて、それは脅しですか？　と、聞き返すこともできずに「承知しました」とだけ返信をした。

それにしたって、何がどうして完さんとツーリング？

獅子倉からの子牛写真一斉メールに、どうして虎谷専務の私用アドレスが？

考え出したら切りがないほどの混乱状態に陥った。

しかも、そこへきららがやってきて「あのね！」と、夢だかオカルトだか判断に困る話を炸裂だ。

ただ、俺が困るくらいなのだから、さぞ兎田さんも今日は訳のわからないこと続きだっただろう。

それを考えたら、まだ冷静になれる。

そこへ先ほどの寧との話、夢のような家族の物語を聞いたとなれば、俺の混乱は一掃《いっそう》されたも同然だ。

しかし、それにも拘わらず、俺の胸中では暗雲が晴れない。

虎谷専務がいつの間にか持っていて、今回消してくれるらしい豪遊写真が、どんなものだかまったく思い出せないからだ。

これには最悪な内容しか想像ができず、頭が痛くなるばかりだ。

(こんな調子で、今夜は眠れるのか？　いや、消してくれると言うんだから、ここは虎谷専務を信じるしかないんだが……。しかし、そのキャバクラ豪遊って、歌舞伎町か？　銀座か？　駄目だ。当時の虎谷専務の顔が広すぎて、数え切れないほど連れて行かれたこと以外、思い出せない。あとは、起きたら記憶がなかったことが、何回か？　今すぐ過去に戻れるなら、入社当時の自分を殴ってでも、真っ直ぐ家に帰れと、シメに行きたい)

ますます寝付きが悪くなりそうだ。

俺は、無理にでも他のことを考えようとする。

(ん？　寧)

すると、手にしたスマートフォンが着信で震えた。

寧もすぐには眠れなかったのだろう。

〝大切な思い出の共有をしてほしくなって――〟

そう書かれたメールに、写真画像が添付されてきた。

先ほどの話にも出てきた、兎田家の古いアルバムから寧が選んだであろうページを、スマートフォンで写したもので。真っ先に貼られていたのは、生まれて間もない寧が両親に抱かれてフニャッとした笑みを浮かべているものだった。

（兎田さんも奥さんも、世界中の幸せを掻き集めてきたような顔をしているな――）

こういったらなんだが、寧の愛らしさとは別に、兎田さんご夫婦も可愛らしいなと、俺には思えた。

なりたてほやほやの両親の喜びが、二人の笑顔から伝わってくる。

このときばかりは、先の心配や不安さえ起こらないほど、我が子の誕生に夢と希望しかなかったんだろう。

見ているだけで心が温かく、また幸せな気持ちになってくる。

（兄さん――）

それと同時に、急に懐かしい気持ちまでもが湧き起こった。

きららが生まれたときの兄夫婦が、まさにこんな感じだったからだ。

〝貴！　次は貴だ。きららを抱いてくれ〟

〝え？〟

〝ほらほら、しっかり抱っこして笑って！　撮るからね～っ〟

〝義姉さんっ〟

俺は、急に当時のことを思い起こして、腰を上げた。

お返しに――というわけではないが、寧ならあのときの写真を送り返したら、きっと喜んでくれるだろうと思えて。

（確か一つ前の外付けハードディスクだったよな……）

デスクへ向かうと、俺は黒い掌サイズのそれをノートパソコンへ繋いだ。

そして、まずは写真画像のデータをまとめてあるフォルダをクリックした。

今年できららも年長さん、じきに六歳だ。俺は、きららが生まれた月のフォルダを、まるで忘れ去られた宝箱の中身でも見るような気持ちでクリックした。

「――!!」

その瞬間、俺は速読するかのようにフォルダの中を確認してから、丸ごと削除した。

いったい当時の俺は、何をしてたんだ!?

それも獅子倉まで一緒になって！

（――まいった。間違えた。これはきららが生まれる前のものだ。それこそ、虎谷専務がいちいち〝これ、昨夜のな！〟と言って、送ってくれたものを、確認もせずに放り込んであった、まさにブラックボックスだ！）

とはいえ、フォルダを削除した程度では、俺の無駄な知識が「安心できない」と言っていた。

そのため、俺は今一度手持ちのハードディスクの中身すべてを確認し、思い出として寧に見せられないものはすべて削除。その上で、ハードディスクそのものを解体し、中のディスクを再生不可能なまでに粉砕することに決めた。

（こんな時間に、いったい俺は何をしているんだ!?）

ただ、きららが生まれてからというもの、馬鹿みたいに写真を撮りまくったデータ画像は、それ相応の量があった。

間違っても兄さん夫婦やきららの写真はたったの一枚も消したくなかったので、結果としては一つ一つフォルダを確認してから、真新しいディスクへ移動。

それも再三確認してから、破壊に及んだがゆえに、その作業は朝までかかってしまった。

（他人の金で豪遊したところで、いつかはこうしてツケを払うことになるんだな。というか、こんなにあるのに、本当に全部消してくれるんだろうな？　虎谷専務は！）

そして、この馬鹿馬鹿しい作業の結果――。

「大変。鷹崎部長、よっぽど疲れているんだな」

「こうなったら、全力でフォローしなきゃ！」

「そうだよな。あ、兎田。仕事は俺たちで頑張るから、子守のフォローはよろしくな」

「はい！　任せてください。頑張ります!!」

俺は、一睡もせずに出勤したことで、午後には撃沈。

自身のデスクで居眠りをしてしまうという、大失態を犯した。

しかも、それを虎谷専務に見られてしまい……。

「鷹崎。部下に示しが付かなくなるほどの無理はするなよ」

「……」

笑顔で肩を叩かれて、危うく握り拳を向けそうになった。

あとがき

こんにちは、日向《ひゅうが》です。このたびは「上司と婚約Ｄｒｅａｍ《ドリーム》ＳＰＥＣＩＡＬ《スペシャル》」をお手にとっていただきまして、誠にありがとうございます。

上司と恋愛～婚約と続く男系大家族物語も、二十冊目となりました。本当なら、先に四男士郎の十冊目が出る予定で、前回のあとがきにもそう書いたのですが、発刊順が変わってしまいましたので、今作が二十冊記念単独本に。合算三十冊目は次の士郎になります。

ただ、予定がずれたことで私の商業デビュー二十五周年に発刊月が重なり、「そうしましたら、今回はお祝い号として特別感のある仕様や内容にしてみましょうか。なんでしたら、他社さんのキャラを出してもありですし。Ｗ《ダブル》お祝いにしましょう」と担当様がお気遣いくださったことで、このような記念本となりました。まさに夢のような一冊です。

いつか見たいと思っていた大家族勢揃いが、カバー裏にカラーでドドン！

しかも、帯までカラー仕様なのに加えて、内容もいつもとはちょっと違う「夢にちなんだエピソード集」という形で、これまでに個人や販促《はんそく》などでも書いてきたネタをいくつか取り込みながら、一本の流れで書き下ろすという試みもさせていただきました。

特に、いつかお披露目《ひろめ》したいな——と温めていた颯太郎《そうたろう》パパと蘭《らん》ママの馴《な》れそめや、こういった子供たちの日常が颯太郎原案という形で、大家族四男の話の土台になっているんですよ——みたいな小中学校ネタ。あとは、さりげなくおまけで入れさせていただいた虎谷《とらや》専務のバブリーでちょっと耽美《たんび》な時代のシリアス短編とか、鷲塚《わしづか》&獅子倉《ししくら》の日常とか。

とにかく一冊丸々、ウキウキワクワクで作業させていただきました。

ちなみに、「銀恋《ぎんこい》」で出てきたキャラで、過去の他シリーズで登場しているのは、義純《よしずみ》（極・艶&極・龍）、早乙女《さおとめ》&飯島《いいじま》（マイダーリン）の三人です。他は今回が初です。

大家族カレンダーだと、まだ二〇一四年の四月下旬なので、パパとママが結婚したときには、某即売会が晴海《はるみ》に戻ってきた頃だな——という。実に、これを逆算したときから、ずっとネタバラシしたかったので、自己満足で申し訳ないですが嬉しいです。

ただ、ここまで書いた私の脳内では、すでに鷹崎《たかさき》が荒れ狂っております。何せ、普段より増ページ記念本なのにラブシーンなしという、ある意味BLレーベルとしては大暴挙なことになっているので、これには私も最初は（そりゃそうだよな……ガクブル）と。

しかし、ここでも「かえって特別感が増すかもですよ。ふふ♡」という担当様のご同意

もありましたので、鷹崎には次回また頑張ってもらおうと思います。本当か⁉

いいえ、少なくとも、あとがき復活で愚痴は聞くってことで(笑)。

あと、本書はモノクロイラストが少なく、口絵もないのですが、すべて今回のみの仕様です。両面カバーでの全員集合カラーイラストも、私が「うわ！　これってどんなプレゼント⁉　モノクロでも嬉しいのにカラー！(涙)」というくらい、担当様がギリギリまで悩み、考えた末に決めてくださった形なので♡

変更にご対応くださった、みずかね先生には感謝しかありません。本当にいつもたくさんの素敵&可愛いキャラたちを描いてくださってありがとうございます！

また、士郎《しろう》本共々大家族シリーズを支えてくださる担当様を始めとする関係者の皆様、何より今日まで読み続けてくださった読者様、語彙《ごい》力《りょく》がなくて申し訳ないのですが、感謝しかありません。本当にありがとうございます！

私もこれを節目《ふしめ》に、更に明るく楽しい物書きを目指して、精進していければと思います。これからも兎田《とだ》家を始めとするキャラたち共々、応援いただけましたら幸いです。

あと、ここでは書き切れない熱い思いや記念企画は、日向のオフィシャルサイト「稀企画」にてアップしますので、よかったら覗いてみてくださいね！

日向唯稀

おまけのドリームエピソード・虎谷《とらや》専務　永遠《とわ》に消えぬ傷痕《こい》

鷹崎《たかさき》と兎田《とだ》のことに関しては、多少なりとも察したことはなかったのか？　と聞かれると、嘘になる。

なんとなく〝ん？〟と引っかかることが、直接二人から報告を受ける前に、幾度かあったからだ。

しかし、それがなんなのかを追求することは、立場上でも一個人としてもいかがなものか？　というのが俺、西都《せいと》製粉《せいふん》株式会社・東京支社取締役専務・虎谷の考えだった。

それは今も昔も変わらない。

とはいえ、この二月。バレンタイン当日――。

〝ごめんなさい。俺、急なこと過ぎて、言い出すきっかけがなくて……。その、境《さかい》さんに誤解させたというか、辛い思いをさせてしまったかもしれませんが、鷹崎部長が好きなんです〟

俺は、偶然にも駐車場で兎田と境が激突していたところへ出くわした。

〝ですから――。この手の話も何もないんです。俺自身が鷹崎部長が好きだから。恋、してるから。これも、鷹崎部長に買ったものです〟

聞かない振りをする、そのまま立ち去るということさえできないまま、結果としては立ち聞きに気づかれて、兎田を泣かせてしまうことになった。

大切にしてきたであろう秘密の恋を知られた衝撃の大きさは、こぼれた涙の何倍ほどだっただろう。

面と向かった瞬間は、俺の胸まで苦しくなった。

身につまされる思いがしたからだ。

(自分は同じ思いをしたことがある。いいや――。今の兎田ほど潔《いさぎよ》くなかったがために、もっと最悪な結末に胸を痛めることになった)

流れた涙の意味も違った。そんな遠い過去の自分が、二度とやり直すことのできない悔恨が、思い起こされたからだ。

＊＊＊

思えば、今の鷹崎くらいの年の頃だろうか？

俺には就職して尚、付き合いが続いていた学生時代の親友がいた。

趣味のバイク仲間でもあったためか、年の割にはやんちゃに付き合い、多忙な仕事の合間を見つけては合流――共に夜のハイウェイを流し続けていた。

時には新副都心から東京湾を眺め、時にはデート中のカップルをからかい、夏には決まってバーベキューや花火もしていた。

社会に出てから、仕事のきつさのストレスもあったのだろうが、同僚たちと愚痴り合うよりも、彼や走り仲間たちといることのほうが、俺にとっては楽だった。

声をかけてくる女性は大勢いたし、それなりに付き合うこともしてきたが――。

それでも、この気楽さに敵うものを感じたことがなかった。きっとまだ世間に馴染みきれていないか、馴染みたくない自分がそうさせていたのだろう。

仕事ができるできないは別として、自分は形だけの社会人。

中身がまるで追いついていない。

ましてや結婚には不向きなタイプなのかもしれないとも感じ始めていた。

そうしたある日の夜のことだ。

俺は久しぶりに親友とのツーリングを楽しみ、大黒埠頭《だいこくふとう》で休憩を取っていた。

視界に広がる海と対岸の町並みが、キラキラと輝いている。

「――え？　なんだって」

「ジューンブライド。結婚しようかと思って。決まったら来てくれるか？　結婚式」

その誘いによる報告は予期せぬもので、一瞬言葉が出てこなかった。

しかし、互いの年齢を考えれば、さほど不思議なことでもない。

むしろ、婚期としては丁度いいくらいだ。

ただ、彼にそうした相手がいたこと自体、俺はこのとき初めて知った。

（職場恋愛か？）

民間企業に就職した俺と違って、親友は固い職場に勤める公務員。合コンなどにも行くタイプではないので、かなり出会いの場は限られる。

しかも、本来ならこうしたやんちゃは、就職と同時に卒業していてもおかしくはなかった。

よくよく考えれば、これまで続いてきたことが不思議であり、また幸運だったのだ。

(さすがに潮時《しおどき》か)

どうしてかそんな思いが、俺の頭をよぎった。

と同時に、何か言葉にならない空虚《くうきょ》さが胸中に広がり始める。

「――行くよ、もちろん。けど、ビックリしたな。おめでとう」

ようやく出てきた言葉が、ぎこちなくならないよう、俺はかなり意識をした。

夜だったし、自身の視線は対岸から逸れることもなかったし、口元に微笑みさえ浮かべて祝福できたとも思う。

「――ありがとう」

ただ、このときしっかり彼の顔を、目を見ていれば、何か別の言葉が出てきたかもしれない。

空虚なものではなく、もっと激しい熱情が湧き起こり、今後の運命をも少なからず変えたかもしれない。

「けど、そうか。とうとうお前も結婚するのか」

「虎谷」

「幸せになれよ。ってか、嫁さんはラッキーだな。お前みたいないい奴を捕まえられて」

「そう？　いい奴かな？　俺」

「そうでなければ、ここまで続いてないだろう。ガキの頃からの友情なんて」

「そっか……。だよな」

だが、ときが過ぎれば、あとの祭りだ。

すべてがのちに起こった悲劇と自身の悔《く》いへの言い訳に過ぎない。

そうして結婚式の招待状を待ちながら半月が過ぎた。

「なんだって？　あいつがバイクで事故った？　即死って――。どういうことだよ！」

届いたものは思いがけない訃報《ふほう》の電話。

俺は一瞬、何が何だかわからなかった。

〝俺だってよくわかんねぇよ。奴にしては珍しいっていうか、初めてじゃないのか？　一人で走ってたときの事故だから、状況も何もわからない。ただ、巻き込まれとかじゃないから、自爆事故なのは確かだ〟

「――自爆？　それで彼女は？　婚約者は？」

まるで、冷静さを取り戻すかのように、俺はあえてこんなことを聞いた。

本心を言うなら、そんな女のことはどうでもよかった。

この瞬間に、自分以上にショックを受けている人間が、この世にいるとは思えなかった。

彼の親兄弟、仲間のことにさえ気が回らなかったくらいだ。

〝は？　こんなときになんの話だよ。あいつにそんな相手なんかいないだろう〟

「聞いてなかったのか？」

〝え？　上司のあと押しがあって、見合いしたら断れないな――ぐらいは聞いたよ。けど、結局は断ったって。左遷《させん》覚悟だって、清々しいくらいに笑ってたけど。違ったのか？〟

ただ、そんな話が行き交ううちに、俺の双眸からは涙が溢れて止まらなくなった。

「見合いを断った？　結婚相手は、いない？」

あの瞬間、無意識に抑えただろう言葉の数々が、堰《せき》を切ったように自身の中から溢れ出してきたのだ。

〝は？　結婚だ？　ふざけるな。俺を一人にするのかよ。お前は一生、俺とつるんでるんじゃないのか。卒業式でも、そう言ったじゃないか。自分の生涯の連れはお前だけ、虎谷だけだって〟

本心は？

本音では？

なぜ、あのとき俺はこれらを抑えた？

それも無意識に――。

「それなのに、あいつ自身も……もう、いない」

これまで思ったことは、口にできたはずだ。

何でも正直に言えたはずだ。

年相応の社交辞令は覚えたが、それでも彼には何一つ嘘をつく、隠す必要がなかった。

いつだって正直な気持ちだけをぶつけられる相手だったはずだ。

俺にとって、あいつだけは！

「馬鹿野郎――っ！」

そう叫んだ瞬間。俺は受話器を投げつけ、感情のままに自室を滅茶苦茶にした。

疲れ果てて自身が起き上がれなくなるまで、手当たり次第に目につくものすべてを壊した。

それでも時間になれば、仲間たちが俺を気遣い、迎えに訪れた。

（洒落《しゃれ》にならない黒服集団だ。こんなことなら、祝宴《しゅくえん》のほうがどれほどいいか――）

彼の通夜で親族に確認するも、見合いの話は断っていた。

上司がごり押しすることなく、「ではまたの機会に」で、左遷の心配も本人の危惧だった。

――なら、どうしていきなりあんなことを言ったのだ？

こればかりは、彼にしかわからない。

俺には彼の気持ちを、彼との思い出の中から想像することしかできない。

もしもあのときに発せられた言葉が別のものなら、何かが違っていたかもしれない――と。

〝そう？　いい奴かな？　俺〟

彼は、俺の本心がぶつけられるのを待っていた？

しかし、思いがけない言葉が返ってきた？

その結果、自分の気持ちを持て余した？

〝そうでなければ、ここまで続いてないだろう。ガキの頃からの友情なんて〟

〝そっか……。だよな〟

あのとき顔を見ていれば、目を見て話していれば、少なからず結果は変わっていただろう。

それが今ならはっきりとわかる。

〝俺は虎谷にとって、ただのいい奴だもんな〟

――そうじゃない。

――ただそれだけの存在じゃない！

——俺にとってお前は!!

しかし、真実はすべて彼自身が空の彼方《かなた》へ持ち去った。

俺は永遠に知ることができないまま、今となっては古傷《ふるきず》に思いを馳《は》せているばかりだ。

＊　＊　＊

思えば、赤坂ポッポのときのように、部下の意に添わない見合い話が回ってきたら、自分が必ず握りつぶすと決めたのは、彼の存在——彼への思いがあったからかもしれない。

〝申し訳ありませんでした、虎谷専務。先ほどは、曖昧《あいまい》な形でしか話ができなくて。本当は鷹崎部長とは以前からお付き合いをさせていただいてました。その、少なくとも、昨日今日ではなく……、去年から〟

〝申し訳ありません〟

真っ直ぐに自分の目を見て、恋愛関係を報告してきた寧と鷹崎が眩《まぶ》しく、尊く、愛おしく思えたのは、彼らの姿に遠い日の自身と友を重ねたからかもしれない。

叶わなかったどころか、気づけなかったからこそ、理解したときには焦《こ》がれ続けた恋を感じたからかもしれない。

そう。仕事は人一倍こなすも、やんちゃで破天荒《はてんこう》で言いたいことを言ってここまでのし上がった俺だったが、それでも世間の常識には囚われていた。

自分でも気がつかないまま不利となる状況、感情を封じることを覚えてしまっていた。社会に揉まれる間に、意識することもなく、世間に都合のいい大人を演じることに慣れてしまっていたのかもしれない。そのときにはわからなかったが、今ならわかる。

だからこそ、不器用なほど素直な彼らに惹かれて止まない。

自身の愛を、正義を真っ直ぐに貫き、歪《ゆが》むことなくこれからも突き進むのだろうと思うと、微力ながら守りたいとも考える。

それほど兎田が、鷹崎が、妬《ねた》ましいくらい、腹立たしいくらいに幸せな姿を、ずっとこのまま見続けたいと心から感じさせてくれる者たちだからだ。

〝ここは会社だ。課せられた仕事をきちんとこなしてくれれば、それでいい。少なくとも俺はそういう主義だ。社内恋愛中のカップルすべてに同じことを言う。まあ、そうは言われても、お前たちにも思うところが山ほどあるだろうけどな〟

今と当時では時代が違う。誰の目から見てもそれは確かなことで、俺にとってもこのことは、細《こま》やかな言い分けの理由だ。

しかし、兎田と鷹崎だったらどうだろうか？

彼らならどんな時代に生まれ、生きていても、今となんら変わらないのではないか？

そう考えると、時代の変化さえ救いにはならない。

それでも俺は二人を祝福し、激励さえして部屋から送り出すと、すぐにスーツの胸ポケットからスマートフォンを取り出した。

〝鷹崎。武士の情けだ。俺が引き連れて豪遊しまくったキャバクラ写真は抹消《まっしょう》しといてやる。だが、これはお前のためじゃない。万が一にも兎田の目に触れたら——。俺が恨まれそうだからな〟

微苦笑しつつも、いつかネタにしてやろうと取っておいた写真フォルダを一つ、丸ごと消した。

そして、再びスマートフォンを胸ポケットにしまうと、

〝か～めたん♪　か～めたん♪　か～めたんたん♪〟

未だに頭から抜けない七生《ななお》くんのカメソングを口ずさみつつ、帰宅の用意を始めた。

その夜はバレンタインデー。

恋する者たちには特別な夜。

〝さてと。社内に残る失恋野郎を誘って、騒ぎにでもいくか〟

俺は専務室を出ると、まずは失恋確定だろう境を探して声をかけた。

〝境。暇なら飲みに行くか？〟

〝はい。ぜひお供させてください〟

こいつはこいつでくせ者だとはわかっていたが、これも告白うんぬんを目撃してしまった上司の務め。強《し》いては武士の情《なさ》けだった。

ただし！

〝虎谷専務。こんな日に俺を誘うなんて、実は俺のことが好きだったんですか？〟

〝悪いが、まったくない。出世に響いても、絶対にない〟

〝ひでぇ！　出世まで言うって、ガチで望みがないってことじゃないですか！〟

かえって傷口に塩を塗ることになったが、これぱかりは仕方がない。

しかも、それからひと月もしないうちに、俺はバイク仲間を介して完《ひろし》くんに出会った。

〝――え？　君、もしかして兎田寧《ひとし》くんのお身内の方では？〟

〝はい？　え？　虎谷さんって、寧のところの専務さんなんですか!?〟

バイク好きという共通の趣味が高じて、時間ができれば一緒に走るようになったが、それと同じくらい俺を夢中にさせたのは、彼自身のブラコン話であり、けっこうハードな展開の中で奮闘している鷹崎の話だ。

そしてそれは、今日も兎田さんと別れたあとに聞くことになった。

また、兎田さんとの話から、鷹崎たちが、俺が知っている事実を報告していなかったのがわかったので、のちのちまたややこしくなってもと思い、メールも打った。

（本当に。右を見ても左を見てもブラコンしかいないって、いったいどんな家系なんだが。しかも、法事で結婚報告して土下座とか！　あの鷹崎が！　新宿、銀座はおろか、ミナミやキタでもブイブイ言わせてきた鷹崎が――、あ!?）

とはいえ、メールを打ついでに、昔の画像フォルダを確認していたら、

「まだ、あったか。というか、すごい量だな。俺も、連れて歩き回れる部下ができて、そうとうはしゃいでたんだろうが。けど、ああ言った手前、全部消しておかないと……」

てっきり、バレンタインには消したと思い込んでいた鷹崎や獅子倉《ししくら》の豪遊写真が。山のように出てきた。

仕方がないので、俺はすべての画像フォルダを確認、削除していき――。

「虎谷！　あたしの前で居眠りこくとか、ええ度胸《どきょう》やな」

「――申し訳ありませんでした!!」

翌日は支社長から、大目玉をくらうことになった。

セシル文庫をお買い上げいただき、ありがとうございます。
この本を読んでのご意見・ご感想・ファンレターをお待ちしております。

☆あて先☆
〒154-0002　東京都世田谷区下馬6-15-4
　コスミック出版　セシル編集部
「日向唯稀先生」「みずかねりょう先生」または「感想」「お問い合わせ」係
→Eメールでも OK ！ cecil@cosmicpub.jp

セシル文庫

上司《じょうし》と婚約《こんやく》 Dream《ドリーム》 SPECIAL《スペシャル》 ～男系大《だんけいだい》家《か》族物語《ぞくものがたり》20～

2022年１月１日　初版発行

【著者】　日向《ひゅうが》唯《ゆ》稀《き》
【発行人】　杉原葉子
【発行】　株式会社コスミック出版
〒154-0002　東京都世田谷区下馬 6-15-4
【お問い合わせ】　- 営業部 -　TEL 03(5432)7084　FAX 03(5432)7088
- 編集部 -　TEL 03(5432)7086　FAX 03(5432)7090
【ホームページ】　http://www.cosmicpub.com/
【振替口座】　00110-8-611382
【印刷／製本】　中央精版印刷株式会社

乱丁・落丁本は、小社へ直接お送り下さい。郵送料小社負担にてお取り替え致します。
定価はカバーに表示してあります。

ISBN978-4-7747-6344-6 C0193